MW01706833

LES FENÊTRES

Idées décoratives pour...

LES FENÊTRES

HEATHER LUKE

KÖNEMANN

Titre original : *Bright Ideas Window Treatments*

Traduction : Claire Geoffroy
Réalisation : Céline Cortot, Catherine Balbiani pour Little Big Man, Paris
Chef de fabrication : Detlev Schaper
Impression et reliure : Sing Cheong Printing Co Ltd., Hong Kong
Imprimé en Chine

ISBN 3-8290-1360-4
10 9 8 7 6 5 4 3 2

Crédits photographiques

Photographie exclusive de Paul Ryder
Dessin de Michelle Roberts

Avec l'autorisation de Robert Harding Syndication pour les photographies de Debi Treloar, Homes & Gardens (pages 1, 38) ; de Graham Rae, Ideal Home (pages 2, 22) ; de Dominic Blackmore, Homes & Ideas (page 3) ; de Tom Leighton, Homes & Gardens (page 4, bas).

Avec l'aimable autorisation de International interiors pour les photographies de Paul Ryan, (page 11) ; de Sanderson (pages 16, 57) ; de Brock, Robert Harding Picture Library (page 26) ; de Heather Luke et John Freeman (page 33).

Avec l'aimable autorisation de Laura Ashley plc et de Today Interiors Ltd.

Table des matières

Introduction

ESSENTIELLES À LA FOIS sur le plan architectural et décoratif, les fenêtres sont le regard d'une maison et leur rôle est d'harmoniser l'ensemble. La moindre erreur de taille ou de structure peut altérer l'harmonie d'une façade car ce sont les ouvertures que l'on remarque en premier. Différentes suivant les heures et les saisons, les fenêtres sont donc un atout majeur dans la décoration de votre intérieur.

fenêtre cintrée

Quelles que soient l'architecture et la forme d'une fenêtre, son rôle est évident : ouvrir sur l'extérieur tout en respectant les proportions de la pièce pour lui apporter un maximum de clarté et de confort, sans oublier pour autant l'aspect fonctionnel : isolation, ventilation et facilité d'entretien.

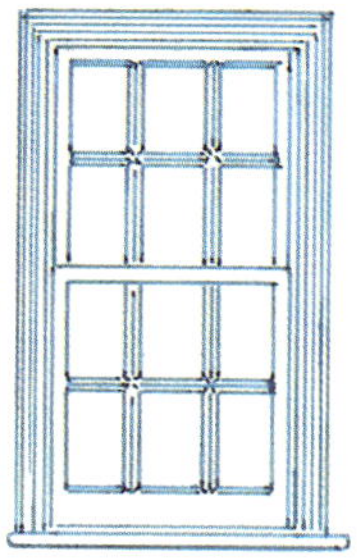

fenêtre à guillotine

Depuis des siècles, l'habillage des fenêtres fait partie intégrante de l'ameublement de la maison et l'on peut, à sa guise, le choisir classique, sophistiqué ou simple suivant son goût, les tendances du moment et le budget que l'on souhaite y consacrer. Mais l'extérieur a presque autant d'importance que l'intérieur. Attention donc aux couleurs trop fortes qui pourraient trancher de façon violente sur l'esthétique environnante.

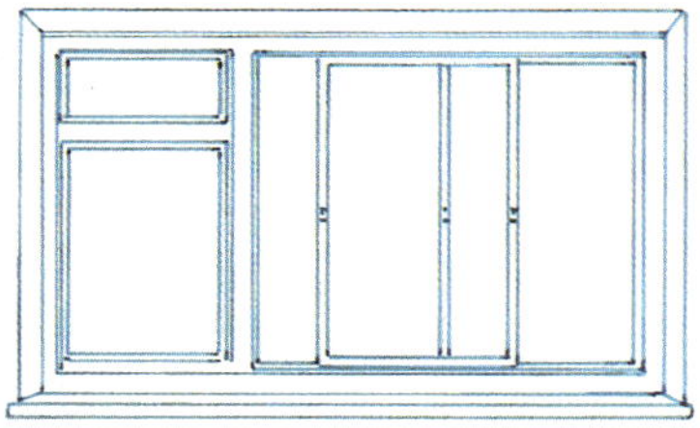

fenêtre coulissante

Le style architectural, la hauteur des fenêtres, leur taille et leur emplacement entrent en ligne de compte pour le choix des rideaux. Ce qui serait idéal pour une demeure médiévale aux murs épais n'aurait bien sûr aucun sens pour de modestes lucarnes campagnardes ni, *a fortiori*, pour de larges baies modernes. N'hésitez donc pas à vous documenter sur l'histoire de l'architecture et de la décoration intérieure, source inépuisable d'inspiration que vous adapterez selon vos goûts et votre sensibilité pour confectionner des rideaux en parfaite harmonie avec votre intérieur.

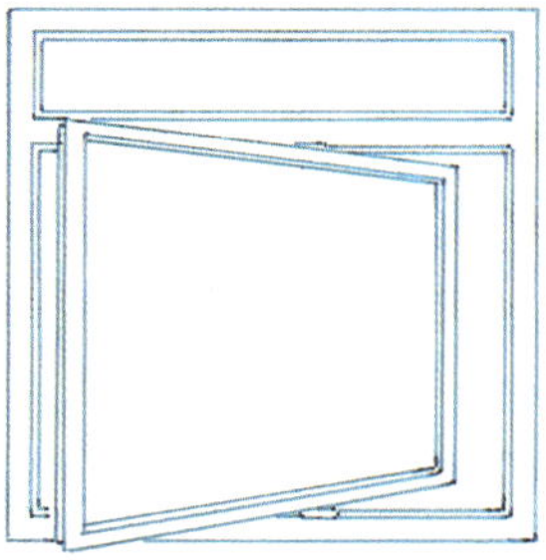

fenêtre pivotante

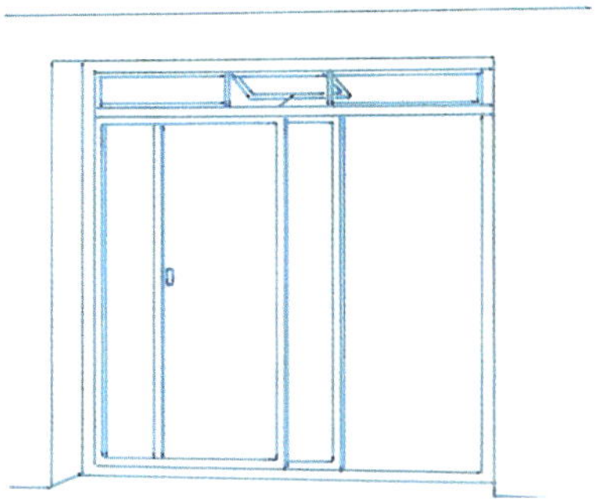
fenêtre panoramique

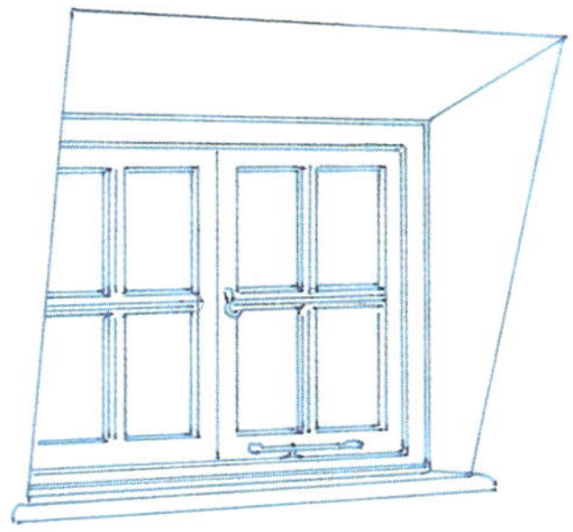
lucarne

baie

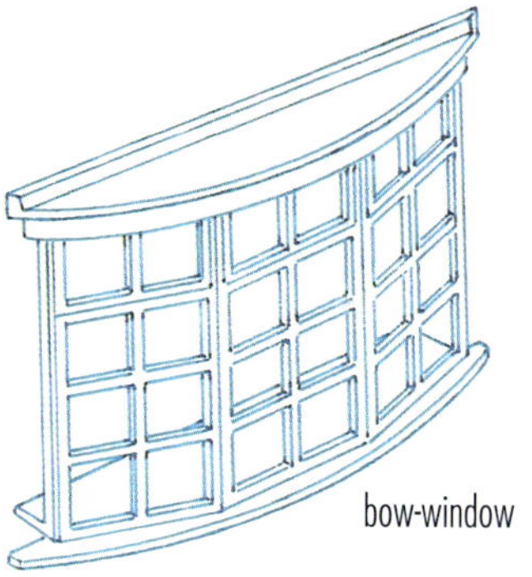
bow-window

fenêtre à croisée

porte-fenêtre

Quelques principes de base

En matière de créativité, c'est souvent en bousculant les règles établies que surgissent les « trouvailles » mais c'est là tout un art… L'amateur, lui, doit suivre certaines directives avant de se lancer dans trop de fantaisies qui pourraient se solder par des résultats décevants compte tenu des dépenses engagées. Voici donc quelques conseils qui vous garantiront des rideaux parfaitement réussis.

- Tout d'abord, est-ce que le style des rideaux ou des stores que vous avez envisagé convient vraiment ? Soyez très objectif et ne vous laissez pas emporter inconsidérément par une idée. Tel ou tel tissu peut vous faire rêver… mais attention, ne serait-il pas beaucoup mieux adapté pour un dessus de table ou même un coussin ajoutant une touche chatoyante dans la pièce ? Les rideaux, eux, ne l'oubliez pas, seront l'axe autour duquel tournera l'ensemble de la décoration.

- Si vous jouissez d'un splendide panorama sans le moindre vis-à-vis, pourquoi ne pas opter pour la sobriété ? Mais une fenêtre sans rideau donne, de nuit, une impression de « trou noir » auquel vous pourriez remédier par un store discrètement assorti aux murs.

- Le rôle d'un rideau est d'encadrer la perspective offerte comme un tableau à mettre en valeur. En revanche, si la vue manque de charme, ce sont les rideaux qui doivent capter l'attention. Choisissez alors un savant drapé ou un store plat dans un imprimé spectaculaire, vous aurez l'impression d'avoir une toile de maître...

- Quand vos rideaux sont tirés, le soir, ils ne doivent pas « manger » tout l'espace, aussi est-il, d'une façon générale, préférable que les rideaux soient assortis aux murs ou du moins en harmonie avec eux, sans contraste trop violent.

- Des fenêtres aux proportions élégantes méritent d'être traitées avec sobriété. Évitez les imprimés à ramages qui alourdiraient l'ensemble.

Ce coupon de tissu drapé avec élégance au-dessus d'une fenêtre à renfoncement est devenu le point de mire de toute la pièce.

- Des rideaux unis dans des teintes pastel, rehaussés de galons ou de franges, sont idéals dans les pièces à vivre ; les imprimés (chintz) semblent plus à leur place dans une chambre à coucher ou une véranda, style jardin d'hiver.

- Si la fenêtre est d'un type architectural particulier, jouez à fond l'effet de style : des cantonnières ou des stores décorés sont envisageables.

Les saisons et les climats

Suivant le pays, le choix en matière de rideaux sera certainement différent, aussi bien pour le style que pour les coloris. Les lourdes draperies qui peuvent ajouter au confort ambiant dans les pays nordiques sembleraient terriblement étouffantes dans les régions méditerranéennes, tandis que le jaune, qui chante dans le Sud, aurait au Nord l'acidité du citron.

La légèreté du blanc vaporeux, si rafraîchissant sous les tropiques est certes ravissant en plein été mais froid et sans éclat dans la grisaille de l'hiver. Pour nous qui prenons un plaisir intense à voir le soleil inonder les pièces de la maison, une habitude d'antan revient au goût du jour : celle d'avoir un jeu de rideaux pour l'été et un pour l'hiver.

Mais on peut utiliser plus simplement des voilages qui restent en place toute l'année et y adjoindre des rideaux plus épais dès que la saison fraîchit.

Une mise en œuvre attentive

Prenez le temps de la réflexion avant de vous lancer ; épinglez un drap de façon provisoire vaut mieux que de risquer quelque coûteuse déconvenue. Alors, quel sera le style de rideaux le plus adapté ? Peut-être la grande simplicité d'un drapé de mousseline blanche si vos fenêtres sont belles et la vue magnifique... surtout si vous avez des volets.

Choisir les tissus

Le brocart est un tissage de fils de soie, de coton, ou de laine sur un métier à tisser Jacquard dont les motifs floraux multicolores ou monochromes se marient à des dessins traditionnels, tels des chérubins, des vases Médicis, des rubans ou des bouquets de fleurs.

Le calicot, une toile de coton assez grossière, blanche ou écrue, piquetée d'irrégularités naturelles, doit son nom à la ville de Calcutta, en Inde, d'où elle est originaire.

Le chintz était traditionnellement un coton imprimé d'un motif oriental, avec des oiseaux et des fleurs, enduit d'une couche d'apprêt qui lui donnait son brillant caractéristique et le protégeait de la poussière. D'autres imprimés à l'aspect brillant sont actuellement appelés chintz.

Le damas, une étoffe originaire de Damas, est tissé sur un métier Jacquard avec des fils de soie, de laine ou de coton dont les mêmes dessins, monochromes et réversibles, apparaissent, à l'endroit, brillants sur fond mat et, à l'envers, mats sur fond brillant.

Le denim est un tissu sergé peu coûteux dans des textures plus ou moins lourdes, allant du chambray léger au denim épais réservé à la confection des jeans.

Le vichy est une toile de coton à carreaux tissés blancs contrastant avec une autre couleur. Certains vichys sont aujourd'hui des mélanges de coton et de synthétiques.

La dentelle Toutes sortes de dentelle existent, de la plus simple à la plus élaborée, en coton ou dans un mélange polyester-coton.

La moire est un tissu dont les dessins caractéristiques aux reflets chatoyants sont dus à l'écrasement irrégulier des fils de soie ou d'acétate dans les cylindres d'impression à haute température.

La mousseline, d'une texture aérée, est un tissu blanc ou écru se prêtant bien à la teinture. Elle est très bon marché. Il faut en prévoir des métrages importants pour des ciels de lit vaporeux ou des voilages qui tamisent merveilleusement la lumière.

L'organdi est fabriqué avec du coton suisse très fin ; un empesage particulier donne à l'organdi son fini très soigné.

L'organza est le même tissu mais en soie, en polyester ou en viscose ; l'organza donne de la tenue aux empiècements ou aux bordures des pièces de linge très fines. Sa qualité d'empesage en fait un tissu idéal pour des stores raffinés.

La soie sauvage est blanche ou très légèrement teintée de façon naturelle ; elle est finement striée par endroits par les résidus des cocons.

Le taffetas, tissé traditionnellement avec de la soie, existe maintenant en acétate ou en mélange synthétique. Sa technique de fabrication lui donne un brillant qui capte la lumière, le rendant idéal pour réaliser des drapés.

Le velours Les premiers velours étaient réalisés avec des fils de soie ; aujourd'hui ils sont plutôt en coton et viscose mais il faut les choisir d'une trame serrée pour qu'ils gardent leur velouté d'origine. La confection avec du velours demande un certain soin car c'est un tissu qui a tendance à se détendre.

Le voile Ce type de coton ou de polyester léger peut être teint ; en soie ou en laine, il se prête particulièrement bien à tous les effets de draperie.

Mesurer les fenêtres

Tout d'abord, examinez bien les abords immédiats de la fenêtre : n'y a-t-il pas quelque tuyau, prise électrique, câble, thermostat ou autre à cacher derrière un pan de rideau ? Vérifiez aussi que les circuits électriques ne gênent pas la fixation des tringles.

Fabriquer des gabarits

Quand vous prenez vos mesures, faites un gabarit à la forme de tout ce qui doit être contourné pour que vos cantonnières ou têtes de rideaux s'adaptent parfaitement à la configuration des murs. Le plus simple pour cela est d'utiliser du papier kraft et de l'appliquer avec du ruban adhésif tout autour de la fenêtre ; si vous ne pouvez pas dessiner les contours de ce qui gêne, déchirez délicatement le papier puis, d'un coup de cutter, affinez votre découpe pour que votre patron soit exact.

Traquer les détails disgracieux

Prenez du recul… N'y a-t-il vraiment plus rien que vous pourriez faire disparaître derrière les rideaux ? Est-ce que des stores, des lambrequins ou des cantonnières en bois ou en tissu ne camoufleraient pas avantageusement tel ou tel défaut ?

Des mesures exactes

Prenez au moins trois mesures en travers (largeur et hauteur) de la fenêtre pour tenir compte d'éventuelles irrégularités. La fixation des rideaux doit être parfaitement de niveau, attention au dénivelé du sol, à la pente du plafond, au bombé d'un mur etc… Un niveau à bulle peut se révéler indispensable.

A = largeur du cadre de la fenêtre
B = hauteur du cadre
C = largeur de l'embrasure de la fenêtre
D = hauteur de l'embrasure
E = largeur de l'appui de la fenêtre
F = espace entre le plafond et le haut de la fenêtre
G = hauteur du sol au plafond
H = hauteur depuis l'appui de la fenêtre jusqu'au sol
I = distance jusqu'au mur suivant la configuration du lieu

La réussite de cet habillage de fenêtre est due à sa composition subtilement élaborée.

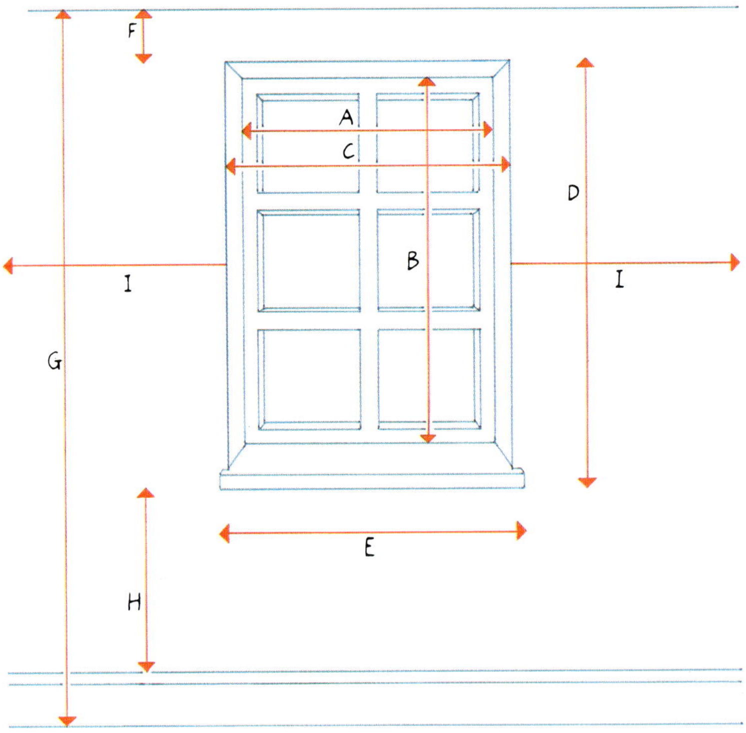

Évaluer le métrage de tissu

AVANT D'ÉVALUER LA QUANTITÉ DE TISSU nécessaire, vous devez avoir défini le style des rideaux et avoir pris les mesures de la largeur de la tringle, de l'espace dévolu au rideau ouvert, de la hauteur depuis le bas des anneaux jusqu'au sol et de la hauteur totale.

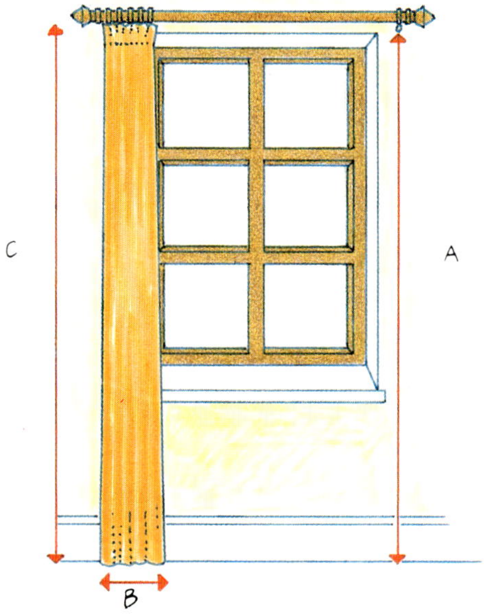

A = hauteur du sol aux anneaux
B = espace pour le rideau
C = hauteur totale

Vous prendrez les autres mesures de façon précise une fois les accessoires en place, juste avant de commencer à bâtir.

1 Pour calculer vos longueurs de tissu et les couper à bon escient, additionnez les marges nécessaires pour l'ourlet et la tête du rideau suivant le tableau proposé à la page suivante.
Par exemple,
215 + 16 + 16 = 247 cm
Vous devrez donc couper chaque lé du rideau à cette longueur.

2 Pour déterminer combien de lés vous utiliserez, divisez la longueur de la tringle choisie par deux pour chaque rideau puis multipliez par l'ampleur requise, ajoutez 5 cm pour le croisement des pans au milieu et 20 cm pour les rentrés des côtés.

Si la tringle est de 140 cm :
140 : 2 = 70 cm x 2,5 = 175 cm
175 + 25 = 200 cm
Divisez par la largeur d'un lé de tissu, de 130 cm :
200 : 130 = 1,53
Il vous faut donc une fois et demie la largeur du tissu pour chaque rideau.
Chaque lé étant de 247 cm de long, vous en avez besoin de 3 pour confectionner votre paire de rideaux, soit :
247 x 3 = 741 cm, arrondissez pour avoir 7,5 m.

3 Si le tissu est à motifs, chaque lé devra correspondre avec les autres. Si les raccords des motifs sont espacés de 65 cm, il vous faudra quatre fois ces 65 cm pour chacun des lés, soit :
4 x 65 = 260 cm
La longueur totale du tissu en sera augmentée :
3 x 260 = 780 cm c'est-à-dire 8 m.

Il est judicieux cependant d'acheter un raccord de motifs supplémentaire au métrage total du tissu afin de pouvoir choisir la façon la plus harmonieuse de disposer le dessin en fonction de la tête et de l'ourlet.

Calculez la perte de tissu ; peut-être en reste-t-il assez pour confectionner un tour de lit ou des coussins ? Dans notre exemple, il n'y aurait que 13 cm de perte par lé, mais pourquoi ne pas utiliser ces bandes de tissu pour recouvrir des cintres ou agrémenter de bordures à volants plusieurs coussins.

4 Les mesures des stores se prendront de la même manière et à l'aide du tableau ci-contre.

La coupe

Avant de commencer à couper, vérifiez que le tissu n'a pas de défaut ; cela peut, en effet, se produire sur un métrage important. S'il ne s'agit que d'irrégularités de tissage minimes, vous pourrez sans doute les dissimuler en choisissant de les placer dans les endroits les moins visibles.

En revanche, si les décalages dans les motifs ou les défauts sont trop gênants, n'hésitez pas à rapporter la pièce chez le commerçant, surtout s'il s'agit d'un tissu coûteux.

Le tissu doit être coupé suivant le droit-fil en respectant au maximum le tombé exact des motifs, parfois légèrement déviés par rapport à ce droit-fil. Vérifiez que les dessins des rideaux, à leur jonction, soient parfaitement raccordés.

Pour servir de repères, marquez d'un trait sur l'endroit le haut de chaque lé, côté droit. Coupez aussi le nom du fabricant sur les lisières car cela pourrait être visible par transparence et crantez-les si le tissage est serré pour laisser une certaine souplesse au tissu.

Maintenant que tout est bien planifié, mesurez et marquez avec des épingles les différents lés qui vous sont nécessaires, vérifiez et revérifiez l'ensemble puis lancez-vous dans le délicat travail de coupe. Il est conseillé ensuite de suspendre pendant quelques heures tous les morceaux de tissu en attente pour qu'ils se stabilisent.

TABLEAU RÉCAPITULATIF DES MESURES

Type de tête du rideau

tête plate	8 cm au-dessus de l'anneau
ruban fronceur pour rails ou tringles	16 cm au-dessus de l'anneau
ruban fronceur sous cantonnières	6 cm au-dessus de l'anneau
ruban pour plis à agrafes	8 cm au-dessus de l'anneau
bouillonné sur une tringle de 35 mm	20 cm au-dessus de l'anneau
ruban coulissant spécial voilages	12 cm au-dessus de l'anneau
plis plats, à godets ou triples de 10 cm	18 cm en plus de la hauteur
plis plats, à godets ou triples de 15 cm	28 cm en plus de la hauteur

Ourlets

rideaux non doublés	16 cm
rideaux doublés	16 cm
rideaux molletonnés	11 cm
ourlet bordé d'un biais ou galon	pas de supplément

Ampleur requise

tête plate	1 – 2
tête froncée	1,5 – 3
tête plissée	2,5 – 3
bouillonné	2 – 2,5
voilages	3 – 3,5
tête froncée main	2 – 3
plis plats	2,5 – 3
plis à godets	2 – 3
plis creux	2 – 2,5

Stores

store romain	pas de supplément
store à festons	5 cm de largeur en plus
store à enrouleur	4 cm de largeur en plus
store bateau	12-20 cm par pli
store bouillonné	1,5-2,5 de largeur en plus

Préparer le travail

Il y a tant de façons différentes d'habiller une fenêtre que vous aurez sans doute du mal à définir la version la mieux adaptée au style de votre intérieur. Peut-être vous inquiétez-vous aussi d'une erreur qui, en dehors même de l'aspect financier, se révélerait une perte de temps et d'énergie... mais non, chacun a sa propre créativité et vous trouverez dans le commerce les accessoires qui vous permettront de confectionner les modèles les plus divers suivant votre goût.

Alors, ne vous cantonnez pas dans la banalité, osez la fantaisie et allez-y de votre touche personnelle. Les erreurs peuvent la plupart du temps se réparer et sont sources de fructueuses découvertes ; au pire, des rideaux ratés sont recyclables en couvre-lits, coussins ou doublures.

Cela dit, la façon la plus simple et la plus sûre de trouver des idées pour l'habillage de vos fenêtres est de faire quelques croquis ; chacun en est capable après un petit entraînement.

Il vous faudra du papier millimétré, des feuilles de papier calque, un bon crayon et une règle. Bornez-vous à mesurer le cadre de votre fenêtre ainsi que la hauteur et la largeur du sol au plafond.

Choisissez une échelle simple en fonction de votre papier ; au 1/20e par exemple, c'est-à-dire que chaque centimètre du papier millimétré correspondra à 20 cm. Vous voilà prêt à commencer :

- Dessinez l'ouverture de la fenêtre en la situant entre le sol et le plafond matérialisés par des traits et essayez par quelques coups de crayons d'en rendre les volumes.

- Posez un calque sur ce croquis en le maintenant par un trombone pour essayer diverses possibilités. Consultez livres et magazines en ne retenant au début que les idées les plus simples.

- Une tringle juste au-dessus de la fenêtre mais plus large d'un tiers de chaque côté laissera un maximum de luminosité à la pièce tout en faisant paraître la fenêtre plus large et moins haute.

- Une tringle fixée nettement au-dessus de la fenêtre et à peine plus large que celle-ci, laissera entrer moins de lumière mais donnera plus de hauteur et d'élégance à l'ensemble de la pièce.

- Cette même fenêtre, habillée de rideaux courts avec des embrasses placées assez haut prendra un petit air campagnard.

- Essayez maintenant une cantonnière et des rideaux classiquement retenus par des embrasses fixées aux deux tiers de la hauteur... s'agit-il vraiment de la même fenêtre ?

Aucune de ces solutions n'est meilleure que l'autre, chacune a son charme si elle s'harmonise avec la décoration. Des rideaux appropriés peuvent radicalement transformer une pièce, surtout quand ils corrigent les proportions banales ou bâtardes des fenêtres.

Les rideaux non doublés

La façon la plus simple d'habiller une fenêtre est d'avoir recours aux rideaux non doublés ; si vous n'êtes pas très sûr de vous et néophyte en la matière, optez pour cette solution.

Préparation

Évaluez le nombre de lés qu'il vous faudra pour chaque rideau ; si le tissu est très fin, il conviendra de prendre trois fois la largeur totale. Pour la longueur, comptez en plus 16 cm d'ourlet et la hauteur requise suivant la tête choisie.

Confection

1 Coupez le tissu et supprimez les lisières puis assemblez ces lés par une piqûre à la machine ou une couture anglaise pour les voilages.

2 Installez-vous pour travailler sur une surface plane, pliez des deux côtés, sur l'envers, un bord de 6 cm que vous repasserez ; ouvrez le pli puis repliez en deux

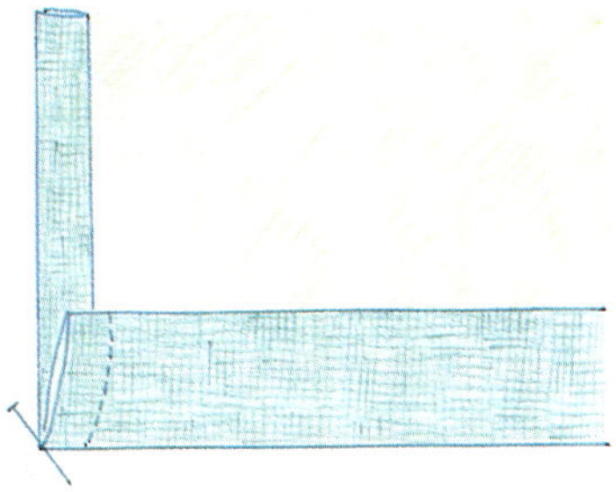

pour former un rentré de 3 cm, épinglez et repassez. Faites ensuite l'ourlet du bas de la même façon : pliez à 16 cm, repassez, ouvrez puis repliez en deux, épinglez et repassez.

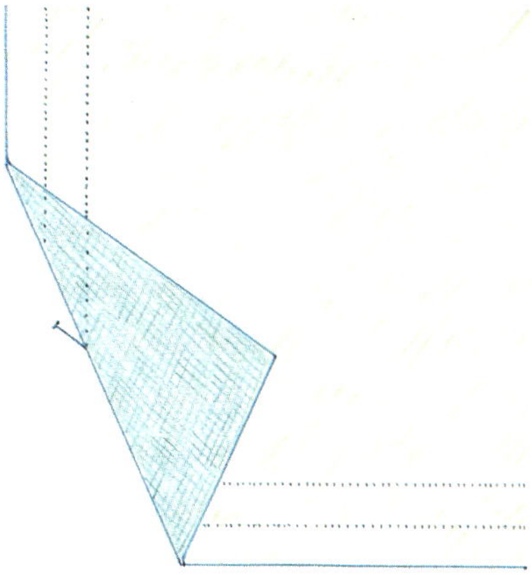

3 Pour faire les coins en onglet : a) épinglez l'angle extérieur ;

b) ouvrez tous les plis et pliez l'angle vers l'intérieur en suivant une diagonale passant par le point marqué avec l'épingle ;

c) repliez les deux rentrés sur les plis initiaux de façon à les rejoindre pour former un angle net et donnez un léger coup de fer.

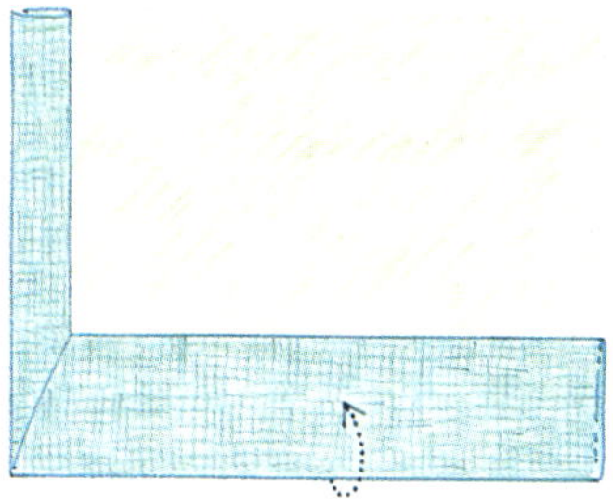

4 Faites les coutures des côtés et de l'ourlet du bas à la main, en fixant par quelques points

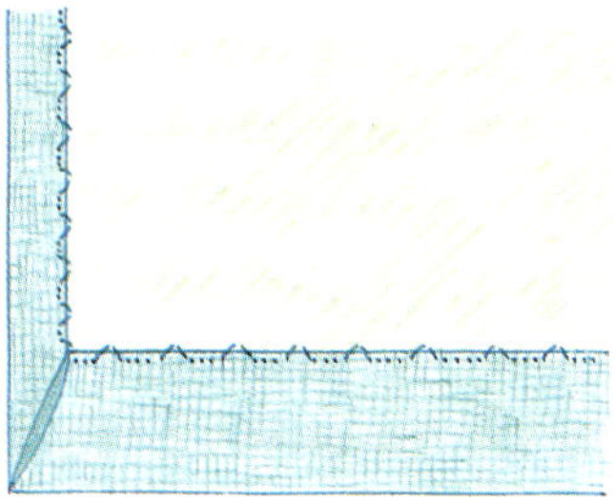

dans chaque angle des plombs qui assureront un beau tombé aux rideaux puis cousez le coin au point de surjet.

5 Sur une table, installez le rideau posé sur l'envers, bien à plat et sans le moindre faux pli ; mesurez, à partir du bas de l'ourlet, la hauteur requise pour le rideau fini en plusieurs points sur toute la largeur du tissu, épinglez soigneusement. Passez ensuite un fil de bâti le long de cette ligne ; il ne vous restera alors plus qu'à confectionner la tête de rideau que vous aurez préalablement choisie.

Les rideaux doublés

On double les rideaux à la fois pour leur donner un meilleur tombé et protéger le tissu des méfaits du soleil ; une doublure ajoute aussi à l'isolation.

1 Évaluez et coupez le tissu et la doublure, assemblez tous les lés, ouvrez les coutures au fer, coupez les lisières puis faites de même en ce qui concerne la doublure. Marquez au fer un rentré de 10 cm pour la doublure puis pliez en deux pour obtenir un ourlet de 5 cm.

2 Posez le rideau sur l'envers, bien à plat et bien repassé sur votre table de travail. Pliez soigneusement les côtés à 6 cm du bord, épinglez et repassez. Faites ensuite le rentré de l'ourlet : 16 cm pliés en deux pour obtenir un ourlet de 8 cm.

3 Pour assembler le coin en onglet :

a) mettez une épingle juste à l'angle ;

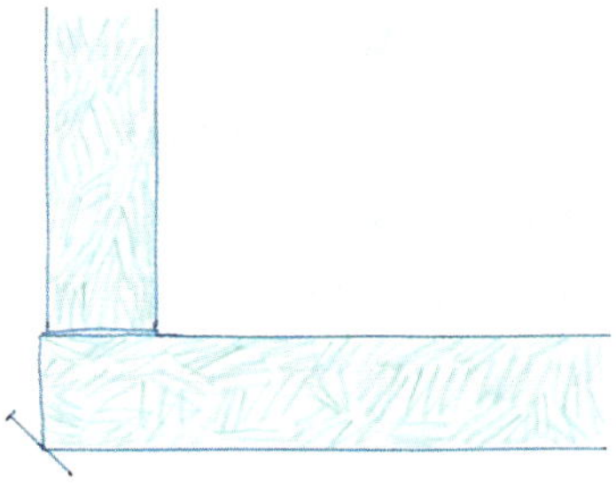

b) ouvrez les plis et rabattez le coin ;

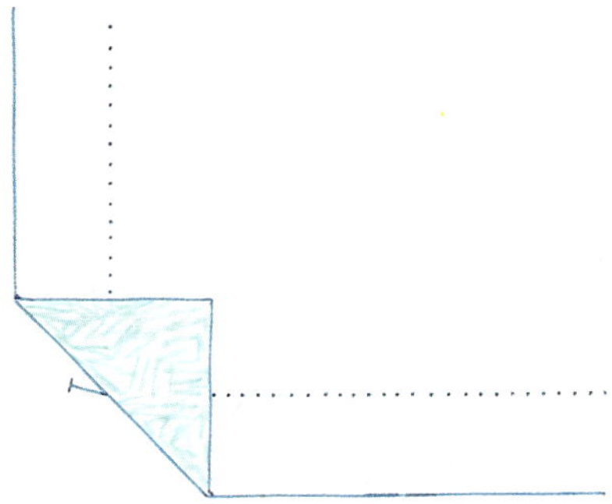

Ajouter une doublure, qui contraste, donne de la personnalité à ces rideaux. Pour créer cette harmonie, on a joué à la fois sur la texture et les coloris des tissus.

c) repliez le côté et l'ourlet pour que leur jonction, en diagonale, forme un angle net.

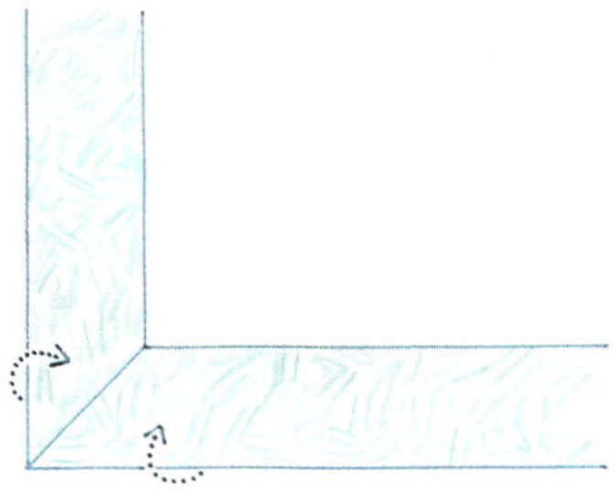

4 Cousez les côtés à points de chausson espacés d'environ 3 cm et faites de même pour l'ourlet du bas dans lequel vous glisserez des plombs ou un ruban lesté. Avant de terminer les angles au point de surjet, vous y fixerez aussi des plombs à rideaux.

5 Posez la doublure préparée sur le rideau, envers contre envers, en faisant coïncider coutures et ourlets. Repliez la doublure et baguez-la sur le rideau (*cf.* page 61) deux fois dans la hauteur de chaque lé, à égale distance, et sur toutes les coutures, avec du fil assorti à celui des rideaux.

6 Rabattez la doublure, lissez puis coupez le tissu qui dépasse de chaque côté du rideau, rentrez ensuite à l'intérieur les bords de la doublure en les épinglant à 3 cm des bords du rideau. Cousez la doublure sur le rideau en commençant à 4 cm de l'angle inférieur et en vous arrêtant juste en dessous de la tête.

7 Marquez la hauteur à l'anneau à partir de l'ourlet. Mesurez-la en plusieurs endroits en épinglant toutes les épaisseurs puis passez un fil de bâti le long de cette ligne. Il ne vous restera plus qu'à confectionner la tête de rideau choisie.

Les têtes de rideaux

Têtes plissées faites main

La tête du rideau est maintenue bien droite par un entoilage commercialisé en plusieurs largeurs, les plus utilisées étant de 10 cm et 15 cm. Le tissu du rideau est plié par-dessus ce ruban de toile et en fait le tour : s'il est de 10 cm de large, il faut prévoir 18 cm en plus de la hauteur totale, s'il est de 15, le supplément à prévoir est de 28 cm.

1 Pliez la doublure le long de la ligne de bâti, coupez l'excédent et faites un rentré. Posez la bande d'entoilage sur le rideau le long de cette ligne et coupez-la à 2 cm de chaque bord. Pliez le rideau par-dessus la bande en rabattant les bords par-dessous, rentrez aussi les deux extrémités du tissu à l'intérieur.

2 Pour former les plis, prenez en compte les intervalles, la largeur de chaque pli et les rentrés de côté. Mesurez la largeur à plat, déduisez la largeur finie, divisez par le nombre d'intervalles prévus : vous aurez la distance entre chaque pli.

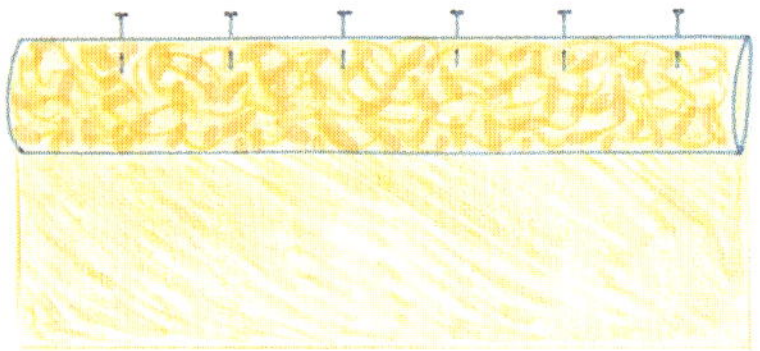

3 Faites les plis et épinglez-les en place dans le haut et le bas de l'entoilage, fixant le tout solidement par une piqûre machine.

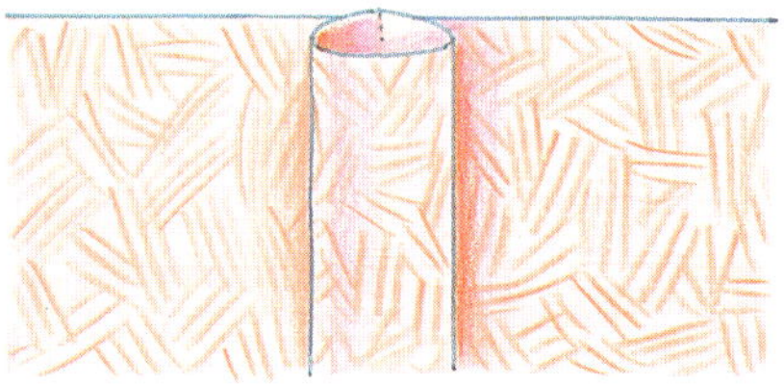

Triples plis ou tête flamande Pour transformer un pli en triple pli, partagez-le en trois sections égales que vous fixerez à la base par des points solides, à 1 cm en dessous de l'entoilage.

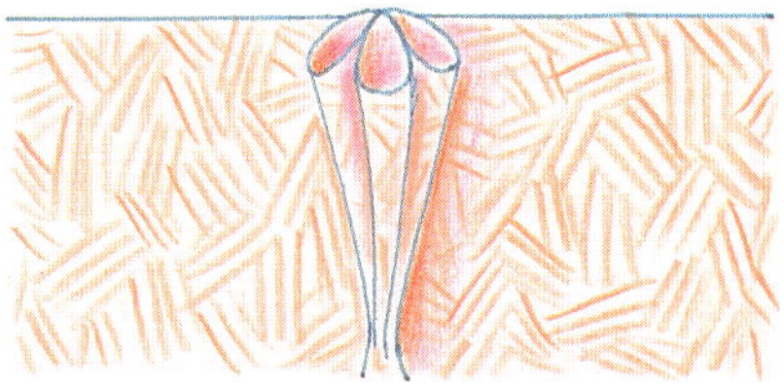

Plis à godets Pour transformer des triples plis en plis à godets, ouvrez-les et rembourrez-les pour en accentuer le bombé.

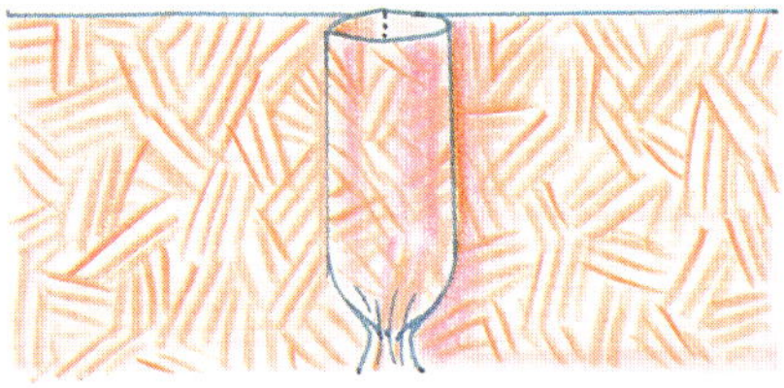

Têtes froncées

Avec rubans fronceurs
On utilise le plus souvent un ruban fronceur cousu sur le rideau dont on tire les cordons pour former des fronces régulières de 2 à 8 cm de haut, qui recouvrent alors la tringle. La bonne moyenne est de 6 cm ; sinon, les fronces ont tendance à s'affaisser.

Les rubans fronceurs vendus dans le commerce mesurent de 2,5 cm à 5 ou 6 cm de large suivant la hauteur de fronces souhaitée. Pliez en deux la partie du rideau réservée à la tête, positionnez correctement le ruban fronceur et fixez-le solidement d'une piqûre à la machine. Il ne vous reste plus qu'à tirer sur les fils pour obtenir la largeur requise.

Pour réaliser un rideau dont les fronces retombent de façon

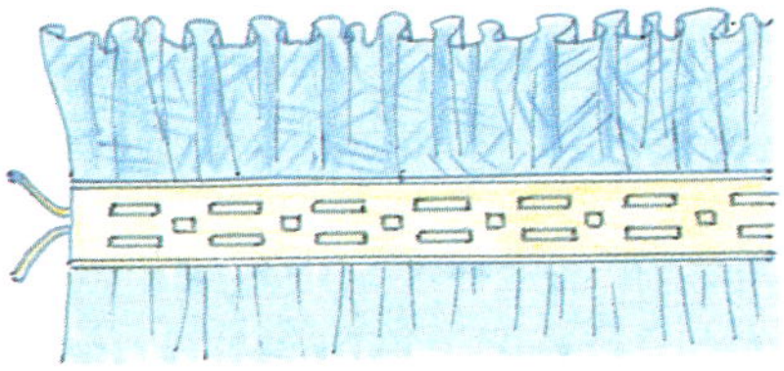

délibérée, prévoyez avec un ruban fronceur de 2,5 cm une tête de fronce de 25 cm de haut, donc 50 cm de tissu au-dessus de la hauteur à l'anneau et travaillez comme précédemment.

Têtes bouillonnées
Elles se font de la même manière ; prévoyez alors avec le même ruban fronceur une tête de 30 cm de haut et donc 60 cm de tissu de la longueur définitive du rideau. Rabattez ensuite la fronce sur le devant en faisant bouffer le tissu avec vos doigts et fixez le bouillonné obtenu par quelques points. N'oubliez pas qu'il faut, suivant la texture, compter deux fois et demie ou même trois fois la largeur de tissu pour une belle ampleur.

Rubans pour des têtes à glissière Voici un système d'accroche très simple principalement utilisé pour les voilages que l'on enfile ainsi sur des tringles. Cela peut convenir aussi à des rideaux à montage fixe relevés par des embrasses ou des liens.

Mesurez la circonférence de la tringle, ajoutez-y 20 % puis divisez par deux, vous obtenez ainsi la largeur du ruban à prévoir. Quant à la fronce au-dessus, sa hauteur peut être variable mais, d'une façon générale, on compte 2 cm pour des voilages et 7 cm pour des rideaux. Après avoir replié le tissu, prévoir un ourlet pour des tissus lourds et compter trois épaisseurs de tissu dans le cas de voilages très légers. 12 cm de tissu sont donc nécessaires au-dessus de la hauteur à l'anneau pour des voilages et 20 cm pour des rideaux enfilés sur une tringle de 35 mm.

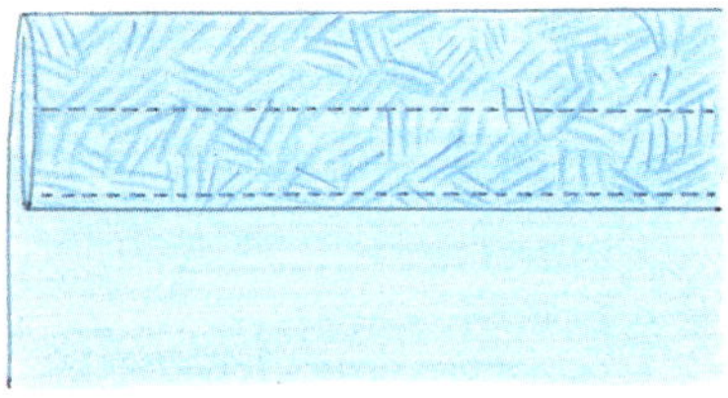

Plis plats

Certains tissus spectaculaires, à motifs très chargés, ont incontestablement plus d'allure vus à plat. On compte parmi ce type de rideaux ceux dont l'ampleur est à peine plus large que la fenêtre.

Ajoutez 8 cm à la hauteur à l'anneau, pliez deux fois jusqu'à obtenir un bord de 4 cm et faites deux piqûres machine à 6 mm du haut et du bas de ce bord.

1 Cousez deux rubans de même taille sur l'envers et l'endroit du rideau à des intervalles de 16 cm au niveau de la première piqûre.

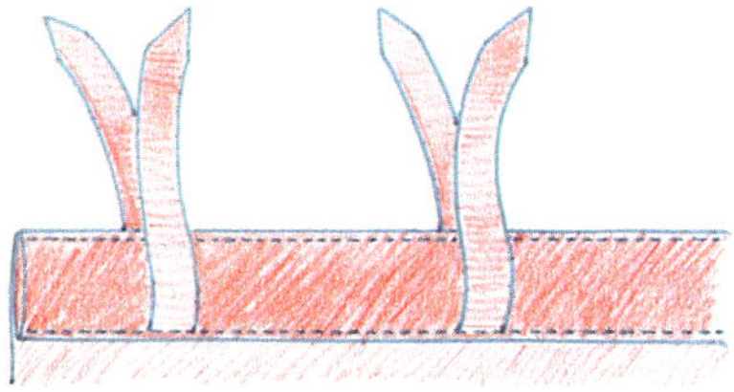

2 Faites des trous avec un emporte-pièce et fixez des œillets. Glissez une tringle dans le tissu perforé ou bien fixez le rideau à la tringle en passant une corde ou un ruban dans les trous.

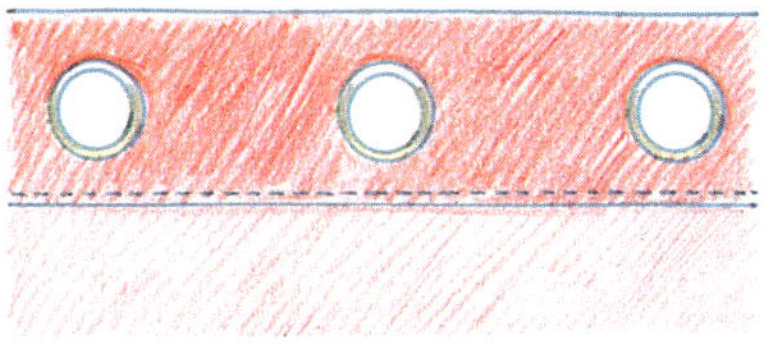

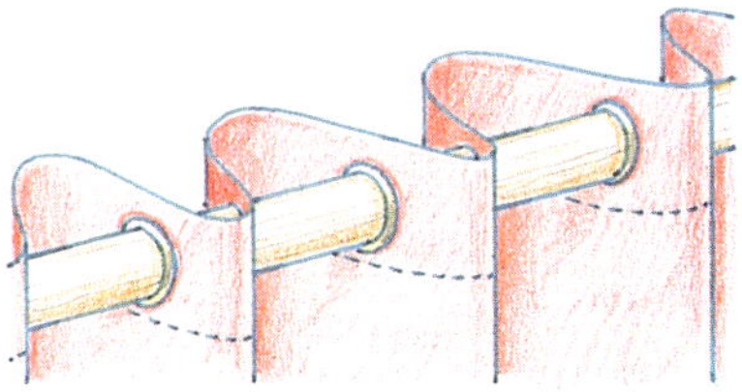

3 Vissez des crochets, des petites patères ou bien des boutons en bois au-dessus d'une porte ou d'une fenêtre pour y accrocher le rideau.

Les embrasses

Les embrasses sont nécessaires lorsque les rideaux doivent être maintenus très ouverts pour laisser entrer le plus de lumière possible ou s'ils sont dans un passage en courant d'air, mais leur rôle est principalement esthétique. De hautes fenêtres gagnent à avoir des embrasses fixées à un tiers du sol tandis que de plus petites fenêtres seront transformées par des embrasses aux deux tiers de la hauteur de la fenêtre. Elles peuvent être assorties aux rideaux, soit en tresses de trois tissus contrastants, soit en cordelière, en rubans noués et amidonnés ou au contraire avec une débauche de textiles pour des énormes coques à pans généreux… Laissez courir votre imagination à condition que l'embrasse convienne au style des rideaux.

Avant de vous lancer dans la confection d'une embrasse, commencez par dessiner un patron pour l'embrasse que vous prévoyez de réaliser dans un morceau de tissu très bon marché (du calicot, par exemple). Fixez-le autour du rideau et vérifiez que le drapé est harmonieux; pour cela, tirez un peu le rideau et soulevez légèrement le bord intérieur pour former un arrondi élégant sans trop serrer le tissu pour ne pas risquer de le froisser.

Si vous avez choisi de confectionner un double habillage de fenêtre ou des rideaux devant des stores, vous pouvez garder les embrasses fixes et maintenir en place les rideaux de façon un peu plus serrée.

Les embrasses passepoilées

Fournitures

- Morceau de tissu à entoiler
- Coupon de tissu
- Passepoil
- Coupon de doublure
- 2 anneaux en laiton de 20 mm

1 Coupez d'après votre patron les deux embrasses en laissant 1,5 cm tout autour pour un ourlet puis deux morceaux identiques pour l'entoilage et la doublure.

2 Épinglez la doublure sur l'endroit de l'embrasse puis épinglez le passepoil sur le contour dessiné pour l'ourlet; faites se rejoindre les deux extrémités à l'arrière qui seront cachées par le rideau et cousez à ras du passepoil une partie de l'ensemble. Crantez les parties arrondies pour que le passepoil se mette bien en place, donnez un coup de fer pour ouvrir la couture puis placez la bande à entoiler entre l'embrasse et la doublure.

3 Après un coup de fer sur l'ensemble de l'ouvrage, pour un travail soigné, épinglez le passepoil sur l'embrasse à travers les trois épaisseurs,

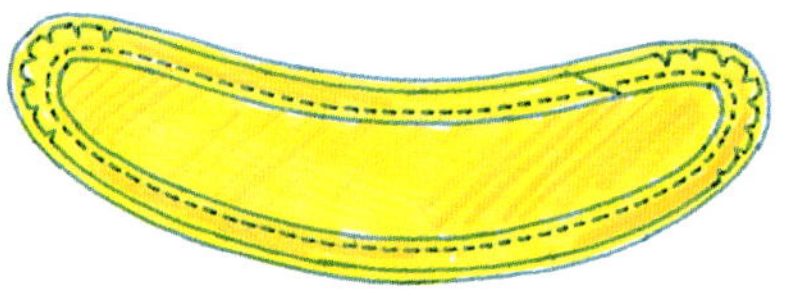

cousez à petits points de surjet puis fixez deux anneaux en laiton aux extrémités, l'un à l'arrière tout au bout de l'embrasse, l'autre suffisamment à l'intérieur pour être caché.

Jouez sans complexe la carte de l'originalité… Pourquoi ne pas ajouter des rubans aux embrasses, les galonner,

les volanter, les franger ou même les décorer de motifs peints au pochoir ? Et pour des occasions spéciales, rien ne vous empêche d'y piquer gaiement du feuillage et des fleurs.

Les embrasses tressées

Une embrasse de ce genre, constituée de trois bandes de tissu de 12 cm de large pour une tresse de 7 cm, est suffisamment souple pour permettre un drapé plus serré du rideau.

Fournitures

- 3 bandes de tissus contrastés (deux fois la longueur de l'embrasse et de 12 cm de large)
- Molleton de polyester : 40 cm de large x longueur du tissu
- 2 anneaux en laiton de 20 mm

1 Roulez le molleton au diamètre requis et maintenez-le avec un point de chausson. Repassez une longueur de chaque bande de tissu de façon à faire un rentré de 1,5 cm. Placez chaque rouleau de molleton sur une bande de tissu, enroulez puis épinglez la partie pliée sur l'autre. Faites ensuite une couture au point de surjet sur toute la longueur.

2 Punaisez côte à côte les trois rouleaux sur un plan de travail et faites une tresse (1,2 cm d'épaisseur), puis fixez solidement aux deux extrémités de la tresse deux carrés de tissu de 4 cm repliés sur eux et cousez au dos les deux anneaux en laiton.

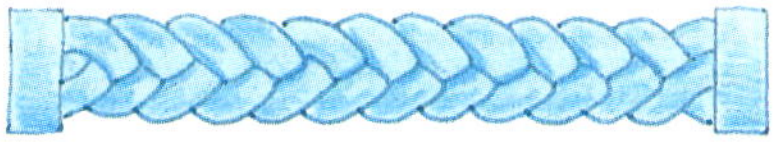

La finition peut être variée : une fleur en tissu, un nœud, une rosette, des pompons ou un gland en passementerie.

Les embrasses nouées

Un simple pan de tissu peut se prêter à bien des interprétations : classique, bordé d'un galon et noué en cravate ou avec des flots de tissu drapés plusieurs fois autour du rideau et noués mollement ou attachés en un énorme nœud. Essayez avec une écharpe ou une cotonnade.

Fournitures

- Tissu
- 2 anneaux en laiton

1 Coupez le tissu à la longueur et deux fois à la largeur du patron en prévoyant 1,5 cm tout autour pour l'ourlet, pliez en deux dans la longueur, endroit contre endroit et épinglez. Coupez les deux extrémités de façon à former un angle à 45° puis coudre tout autour en laissant une ouverture de 5 cm au milieu ; réduisez

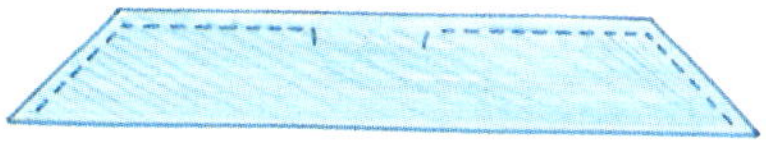

les rentrés à 12 mm en coupant les angles à chaque coin, retournez sur l'endroit, repassez puis aidez-vous d'une épingle pour ressortir l'endroit du tissu et former des angles nets et pointus, fermez enfin l'ouverture à points coulés.

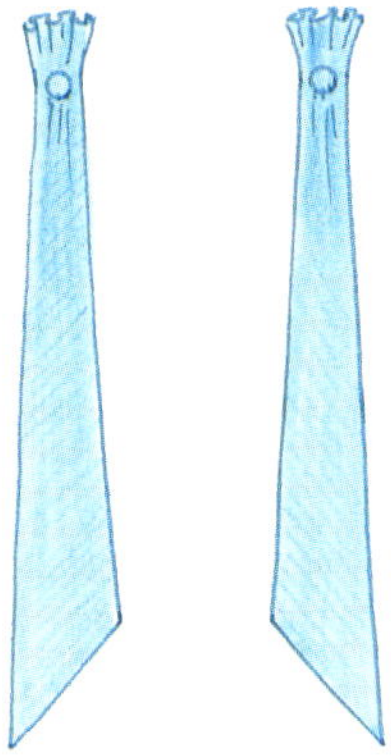

2 Coupez cette longueur en deux, rentrez les bords non finis puis froncez solidement pour réduire la largeur. Sur l'envers de ces fronces, fixez l'anneau en laiton.

Les tringles

Il y a un tel choix dans ce domaine qu'il peut être difficile de se décider au moment de l'achat. Des rideaux à rails métalliques, équipés d'un système coulissant en plastique actionné par des cordons, sont plus fonctionnels ; faciles à installer, il en existe toute une gamme suivant la taille et le poids des rideaux que vous souhaitez accrocher. Ils peuvent être fixés soit par en haut à une cantonnière ou sous le renfoncement de la fenêtre, soit de face sur le mur, à une solive ou au-dessus de l'encadrement de la fenêtre.

Rideaux légers

La plupart des voilages sont fixés dans le renfoncement de la fenêtre ou derrière la tringle du rideau lui-même et la tringlerie est discrète ; vous avez le choix entre des petites barres métalliques ou des tringles en plastique transparent.

Accrochages particuliers

Des fenêtres dont la partie supérieure est arrondie nécessitent des tringles spécifiques : métalliques et de petite section, elles sont creuses et leurs parties coulissent les unes sur les autres, s'adaptant ainsi à la taille et à la forme requise.

Les « bow-windows »

Pour ce type de baie en saillie, qu'elle soit à trois pans, hexagonale ou semi-circulaire, les tringles peuvent être ceinturées pour s'adapter.

Les cordons à rideaux

Leur fonction est de protéger les rideaux qui, tirés à la main, seraient salis et abîmés sur

Une tringle blanche aux embouts sculptés s'harmonise de façon idéale avec ces rideaux de style nordique d'une élégante simplicité.

Une volute termine cette tringle en métal de façon spectaculaire.

leur bord intérieur. Les systèmes les plus pratiques ont un cordon intégré dans la tringle pour éviter que les crochets ne se prennent dans les cordons au risque de tout bloquer. Ceux-ci peuvent être coupés et lestés d'un gland.

Installer la tringle

Les tringles se fixent la plupart du temps soit au mur, soit au plafond, elles sont d'ailleurs vendues en kit avec un double système de fixation. Par mesure de sécurité, faites des trous suffisamment larges et profonds pour fixer les tringles très solidement ; en général, les vis et les chevilles sont fournies dans l'emballage. Les pitons sur lesquels se fixent les tringles peuvent être de longueurs différentes selon un accrochage plus ou moins près de la fenêtre. On peut ainsi cacher un radiateur, un renfoncement, ou laisser l'espace nécessaire soit à un store soit à une double paire de rideaux. Parfois, il est indispensable de prévoir une fixation centrale pour la tringle (conformez-vous aux instructions du fabricant). Dernière recommandation : un niveau à bulle est indispensable !

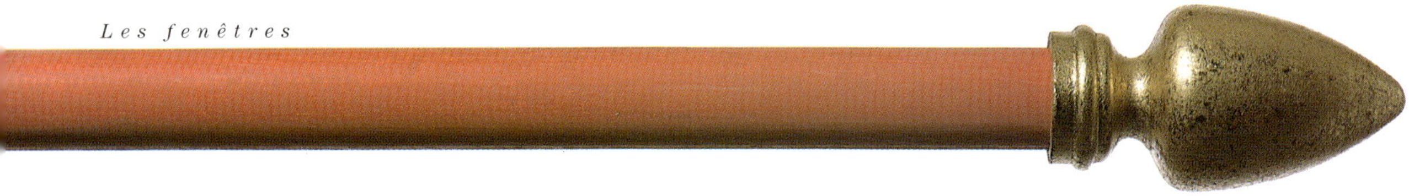

Choix de tringle

Il existe tant de tringles et d'embouts que les possibilités de décoration dans ce domaine sont infinies. Vous pouvez imaginer une tringle en merisier soulignée d'un filet d'ébène qui évoquera la Grèce antique ou bien une grosse barre en bois passée au badigeon pour s'accorder à un intérieur très rustique. Entre ces deux extrêmes, la gamme est vaste mais la tringle doit toujours être choisie en fonction de la décoration de la pièce et des rideaux prévus. Il est bien évident qu'un lourd brocart devra être accroché à une barre d'un diamètre imposant par rapport à une cretonne autour d'une petite fenêtre campagnarde. Vous aurez aussi le choix entre différentes matières.

Le bois avec toutes les finitions possibles ;

Le cuivre qui doit être de bonne qualité. Les tringles en cuivre existent dans des sections allant de 1,2 mm jusqu'à 10 cm ; elles peuvent supporter alors les rideaux les plus lourds.

Bois et cuivre
Les deux se marient avec élégance. Une tringle dans un acajou très foncé contrastera avec des anneaux et des embouts en cuivre.

Le métal De 12 à 30 mm de diamètre, les tringles métalliques peuvent être façonnées à la courbure et à la taille requises et peintes dans toutes les couleurs. Le plus pratique étant de les passer à la peinture mate en bombe. Elles se complètent par tout un assortiment d'embouts décoratifs : sphériques, ovoïdes, lancéolés, en tête de bélier, en pomme de pin, etc…

Le bois peint
Une lasure peut être passée sur du bois blanc pour apporter une note de couleur mais pensez à la recouvrir d'un vernis acrylique pour que les anneaux glissent plus facilement.

Positionnement de la tringle

Ayez en tête les proportions de la fenêtre mais, en cas de doute, gardez les repères suivants : au minimum 10 cm au-dessus de la fenêtre et 15 à 20 cm de chaque côté. Il n'est pas esthétique que le rideau déborde trop de la fenêtre car la tringle semble interminable. Le piton d'accrochage doit laisser environ 3 cm sur la tringle avant l'embout pour permettre au dernier anneau de se placer et au rideau d'être tiré jusqu'au bout avec suffisamment d'espace pour l'ampleur du tissu.

Les cordons à rideaux

Certaines tringles équipées de cordes existent dans le commerce ; elles coulissent grâce à un dispositif intégré dans la barre, évitant ainsi d'avoir à manipuler le rideau. Ce système peut s'adapter sur des tringles traditionnelles, en plaçant un cordon au premier anneau que l'on fait coulisser à travers des pitons fixés au mur derrière la tringle.

Il existe aussi des barres métalliques qui se chevauchent et permettent ainsi une jonction très hermétique des rideaux rabattus l'un par-dessus l'autre.

Des bras mobiles

On peut utiliser ce genre de tringles mobiles pour équiper des lucarnes. La tête des rideaux sera froncée par un ruban à glissière passé dans la tringle terminée par un embout. Ces « bras », rabattus devant le vitrage la nuit, sont ouverts sur les côtés le jour.

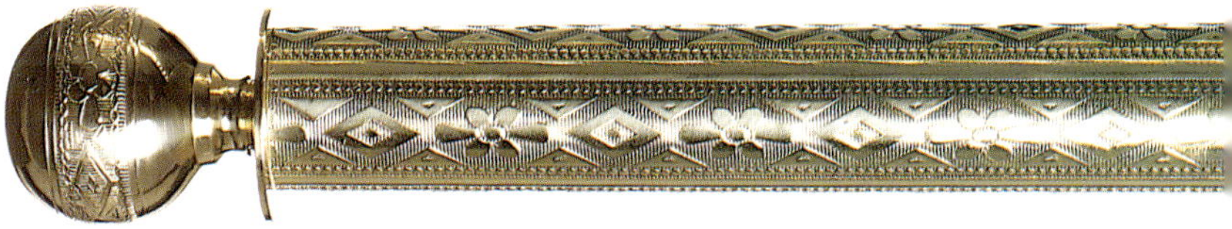

Les stores

Le tasseau de fixation du store devra être équipé de pitons fermés en laiton face aux anneaux du haut du store dans lesquels passeront les cordons. Vissez le tasseau sur le cadre de la fenêtre ou de mur à mur et fixez le taquet d'enroulage pour les cordons à un endroit accessible.

Enfilez le premier cordon au travers de tous les anneaux correspondants, pour le deuxième, faites de même et ainsi de suite.

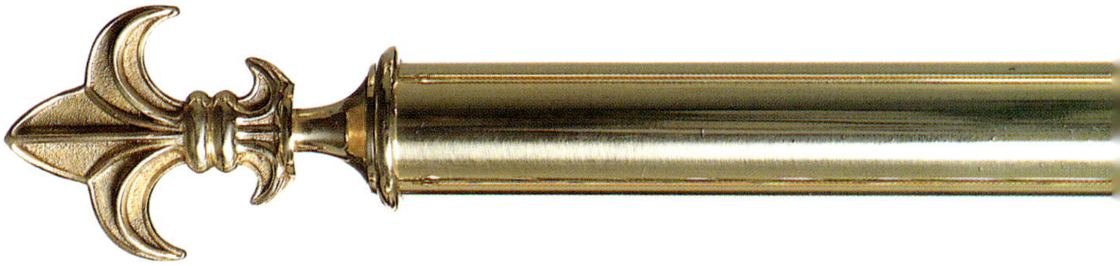

Après avoir enfilé les cordons, tenez-les en main puis levez et descendez le store à plusieurs reprises. Vous vérifierez ainsi qu'ils coulissent bien, que le store est horizontal en ajustant, si besoin est, la tension des cordons. Passez alors les cordons dans le gland et nouez-les solidement avant de couper.

Projet 1

Un store bouillonné

Un rideau-store rééquilibre cette fenêtre un peu trop haute.

LES FENÊTRES TRÈS HAUTES peuvent être une fantaisie d'architecte ou le résultat d'une main malheureuse d'un amateur, mais elles se révèlent généralement désastreuses sur le plan décoratif. Certaines peuvent conférer à une pièce une forte personnalité architecturale que des rideaux affadiraient ; pourtant, pour servir d'écran à l'intimité et se protéger du soleil, un habillage des fenêtres est indispensable.

Discrètement placé dans le renfoncement de la fenêtre, un store, lui, ne nuira pas à la structure particulière de la fenêtre tout en remplissant parfaitement l'office d'une paire de rideaux.

Des stores romains ou à enrouleur ont aussi, ne l'oubliez pas, le double avantage d'être économiques et faciles à réaliser. Des petites touches supplémentaires accentueront soit la sobriété de l'ensemble soit au contraire la sophistication élégante de la décoration générale : un motif réalisé au pochoir, des bordures contrastées, un galon et des liens rayés, ou le bas du store agrémenté de franges, de glands ou de pompons.

Pour une touche plus féminine, confectionnez un store bouillonné vaporeux en utilisant une soierie ou un voile de coton d'un ton neutre ou pastel. Une soie aux reflets changeants, un damas ou tout autre tissu au tissage travaillé ajouteront encore à la classe de cette fenêtre.

Le bas de ce store, souligné d'un volant dont le ton est parfaitement assorti aux murs, fait vibrer cet ensemble très élégant.

Fournitures

- Tissu selon métrage
- Doublure aux mêmes mesures
- Galon fronceur pour la tête du rideau
- Cordon à store en nylon
- Anneaux de 12 mm
- Velcro (partie mâle et femelle) de la longueur du tasseau

Les stores bouillonnés sont en fait des rideaux que l'on a « remontés ». Comme eux, ils peuvent être doublés ou non et même molletonnés. C'est l'adjonction de cordons et d'anneaux au dos du tissu qui permet à ce pseudo rideau de remonter comme un store.

Pour déterminer l'ampleur du tissu nécessaire à l'habillage de la fenêtre, vous pouvez vous aider d'une ficelle ou d'un long ruban fixé sur la fenêtre avec de l'adhésif. Vous pourrez décider ainsi du nombre de drapés qui convient et de leur longueur, tout en sachant qu'un chiffre impair sera toujours plus harmonieux.

Mesurez ensuite la ficelle et ajoutez-y 20 cm pour les rentrés, divisez ensuite cette mesure par la largeur du tissu pour avoir le nombre de lés nécessaires :

Largeur totale du tissu
avec les drapés : 200 cm.
Tissu vendu en 140 de large :
200 : 140 = 1,43 cm.
Il faut donc prévoir
deux largeurs de tissu.

Mesurez ensuite la longueur, ajoutez-y 30 cm environ pour permettre au bas du store de rester festonné quand le store est baissé, puis encore 10 cm pour la tête du rideau, par exemple :

Longueur de la fenêtre 200 cm :
200 + 10 + 30 = 240 cm.
Chaque lé étant donc de 240 cm.
Métrage total requis :
240 x 2 = 4,8 m.

1 Coupez le tissu et assemblez les lés en évitant toute couture centrale. Vous monterez votre panneau par exemple comme ceci : une demi-largeur – une largeur – une demi-largeur. Faites de même pour la doublure et coupez les lisières.

2 Posez le tissu du store sur la table, envers vers vous. Faites un rentré de 10 cm sur les côtés et en bas pour l'ourlet puis épinglez. Faites ensuite l'angle en onglet comme indiqué page 16.

Cousez les côtés et l'ourlet au point de chausson. Posez la doublure sur le tissu du store en faisant bien coïncider les coutures et cousez la doublure au point de baguage sur les coutures.

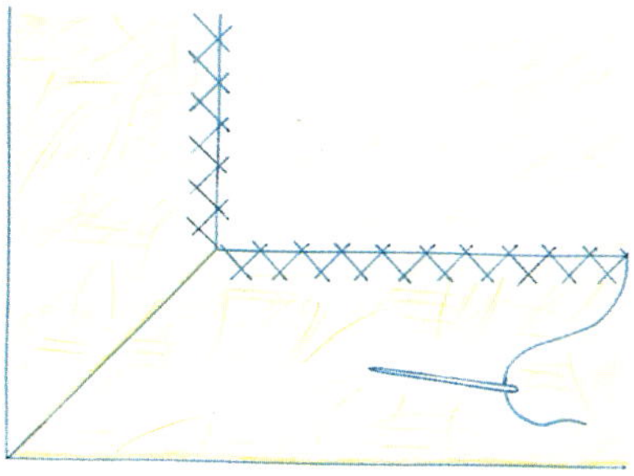

3 Repliez les bords de la doublure de façon à laisser 7 cm apparents sur le tissu du store et coupez en suivant la marque de la pliure ; rabattez

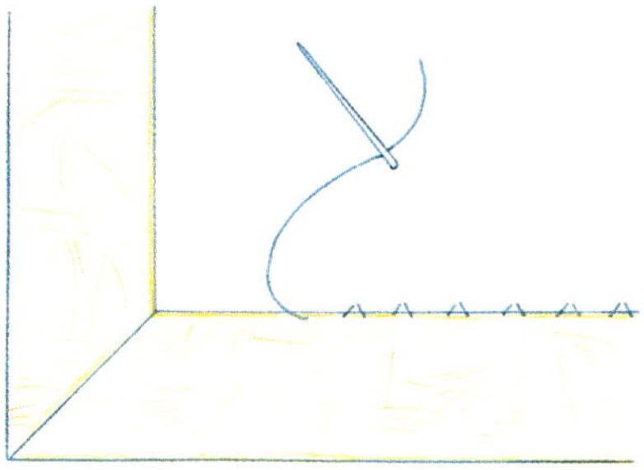

ensuite le tissu de doublure de 1,5 cm tout autour. Épinglez, cousez au point coulé puis donnez un léger coup de fer.

4 Mesurez et marquez la hauteur totale du store à partir du bas, en mesurant tous les 30 cm dans la largeur. En vous fondant sur cette rangée d'épingles, coupez ce qui est en trop pour ne garder que 6 cm de rentré ; pliez tissu et doublure sur la ligne en déplaçant les épingles au fur et à mesure, donnez un coup de fer puis épinglez en place le galon fronceur pour former la tête du store.

5 Marquez l'emplacement des anneaux en partant toujours du bas du store pour éviter les erreurs. La rangée extérieure se trouvera sur le bord de la doublure et les autres seront à intervalles réguliers selon votre plan initial. L'espacement des anneaux dépendra de la longueur du store et du degré de serrage des plis mais en général on compte 20 cm. Cousez chaque anneau bien solidement dans la doublure, en ne prenant qu'un ou deux fils du tissu du dessus pour éviter toute marque disgracieuse sur le devant du store, et arrêtez les fils très soigneusement.

6 Cousez à la machine le ruban fronceur, tirez les cordons pour obtenir la largeur voulue et faites un nœud solide. Coupez une bande de doublure large deux fois comme le ruban et de la taille de la largeur du store avec 4 cm de plus pour les rentrés. Épinglez le velcro au milieu de cette bande de doublure et piquez à la machine puis rabattez par-dessous deux rentrés de 2 cm de façon à obtenir une largeur identique au ruban fronceur puis cousez la bande velcro sur le ruban fronceur à la main en haut et en bas.

7 Attachez une longueur de cordon à l'anneau du bas et passez-le ensuite à travers les anneaux jusqu'en haut. Chaque cordon doit passer le long de la rangée du haut pour redescendre du côté du store où est prévu le tirage. Coupez et répétez l'opération avec les autres cordons puis égalisez. Par sécurité, faites des points solides aux anneaux du bas.

8 Couvrez le tasseau de fixation avec le tissu du store et agrafez l'autre partie du velcro sur le devant et les côtés ; il ne vous reste plus qu'à appliquer le store qui aura été muni au préalable de ses pitons puis à fixer un taquet d'enroulage pour les cordons à mi-hauteur sur le côté.

La touche finale

- Un bas frangé : à l'étape 5, vous pouvez coudre une frange au bas du store.
- Un bas volanté : à l'étape 1, vous pouvez coudre une bande froncée au bas du store.

Projet 2

Des rideaux pour des embrasures profondes

CES FENÊTRES, PARFOIS DES LUCARNES, sont caractéristiques des maisons rurales anciennes aux murs épais. Elles ont généralement été rajoutées afin de transformer des greniers ou des granges en chambres pour amis et enfants ou bien en salles de bains. Pour respecter cette ambiance rustique, souvent rehaussée de poutres apparentes, la simplicité est de mise.

Les fenêtres à embrasures profondes ou ces lucarnes dans des murs épais permettent souvent de prévoir des banquettes dont la base, lorsque l'espace l'autorise, peut servir de rangement.

La petite taille de ce type de fenêtres impose néanmoins une certaine discrétion dans le choix des rideaux qui doivent aussi laisser pénétrer un maximum de lumière. L'installation d'une tringle n'est possible que si l'espace qui entoure la lucarne permet aux rideaux d'être ouverts sans trop empiéter sur les vitres ; des cantonnières alourdiraient cependant l'ensemble et sont donc à éviter.

Des stores peuvent être installés contre la fenêtre ; choisissez en ce cas un store bateau ou en cascade qui protège à la fois de la lumière et du froid en remontant ou redescendant facilement ses plis en fonction de vos besoins.

Si la profondeur du renfoncement de la lucarne est plus importante que la moitié de la largeur de la fenêtre, vous pouvez équiper cette fenêtre de deux tringles pivotantes se rabattant chacune contre les côtés pendant la journée, laissant pénétrer un maximum de lumière.

Les rideaux peuvent être plats ou bien froncés et être confectionnés avec deux tissus différents puisque chaque face est visible, de jour ou bien de nuit. Si vous optez pour des rideaux froncés, prévoyez des embrasses pour les retenir sur les côtés ; sinon, ils flotteront à l'extérieur à la moindre brise estivale.

Les fenêtres dans le toit, à cause de la pente, ont souvent des renfoncements plus larges en haut qu'en bas ; dans ce cas, le rideau doit être retenu avec un système d'attache pendant la journée.

Si vous n'avez pas de voisinage, ni de vis-à-vis, un simple morceau de dentelle ou de voile de coton peut être fixé à la fenêtre, à la scandinave. Dessous, suivant l'espace dont vous diposez, arrangez une banquette confortablement garnie de coussins.

Ces pots de fleurs aux couleurs vives se superposent gaiement dans l'encastrement profond de cette fenêtre de salle de bains équipée de petits stores pivotants ingénieux, faciles d'entretien et d'un charme très décontracté.

Un cadre pivotant

Dans ce cas précis, la fenêtre étant placée entre la douche à gauche et la baignoire à droite, rideaux ou store semblaient exclus. Comme la vue était belle et qu'il n'y avait pas de vis-à-vis, les vitres pouvaient rester nues et laisser passer toute la lumière mais, face aux couleurs toniques du carrelage et de l'équipement de la salle de bains, l'habillage de la fenêtre était un contrepoint indispensable, d'un choix cependant délicat. Des rideaux plats fixés sur un encadrement pivotant furent retenus comme étant la solution idéale. De jour, ils s'ouvrent contre le renfoncement de la lucarne montrant un côté du tissu ; de nuit, ils recouvrent complètement la fenêtre et un motif différent apparaît, apportant une toute autre dimension à la pièce.

Pour réaliser ce genre d'habillage de fenêtre, il faut mesurer avec soin la hauteur et la largeur du renfoncement en vous aidant d'un niveau à bulle. Si rien n'est d'équerre, utilisez simplement une tringle mobile et vous rabattrez le rideau contre le côté avec des crochets et des œillets. Si vous optez pour le cadre, portez vos mesures soit à un menuisier soit à un forgeron pour un cadre plus solide.

Mesurez la hauteur et la largeur exactes pour le rideau une fois l'encadrement installé, sans surplus pour des coutures ou des ourlets.

Fournitures

- Tissu pour l'intérieur des rideaux
- Tissu pour l'extérieur des rideaux
- 1 m de tissu pour les bordures
- 2 tringles pivotantes
- 8 boutons de 2 cm de diamètre

1 Coupez deux rectangles de chaque tissu aux mesures exactes du rideau fini, placez-les l'un au-dessus de l'autre, envers contre envers, et bâtissez tout autour pour maintenir les deux tissus bien positionnés.

2 Coupez quatre bandes d'un tissu contrastant de 6,5 cm de large et de la longueur des rideaux. Placez une première bande le long du tissu, bord à bord, épinglez puis piquez à la machine à 1,5 cm du bord. Faites de même avec les trois autres bandes de tissus.

3 Ouvrez la couture au fer, rabattez la bande à cheval sur le double tissu que vous retournerez pour replier la bande en deux à l'intérieur formant de ce côté-là aussi un rentré de 1,5 cm. Épinglez puis cousez en glissant vos points dans la piqûre machine et faites de même sur les autres côtés.

4 Coupez quatre autres bandes de 6,5 cm dans ce même tissu, de la taille de la largeur du rideau avec 4 cm en plus pour les rentrés et faites comme précédemment pour finir de border les rideaux en repliant à l'intérieur les extrémités pour une finition nette.

5 Coupez seize bandes de tissu de 22 x 8 cm. Avec le fer, pliez en deux puis encore en deux, ouvrez, joignez sur le pli du milieu et rabattez pour former un ruban de 2 cm que vous coudrez tout autour.

6 Cousez solidement quatre de ces attaches à nouer en haut de chaque panneau à environ 12 cm d'intervalle et le plus près possible de la bordure. Pour le bas, fixez quatre attaches avec des boutons.

D'AUTRES IDÉES DÉCO...

Pour camoufler un environnement un peu triste, ces petits rideaux volantés plaqués au fond de l'embrasure font assaut de charme et réchauffent l'atmosphère d'une salle de bains de maison campagnarde sans empiéter sur l'espace.

Projet 3

Un camouflage astucieux

Cette fenêtre moderne située en rez-de-chaussée est face à un mur de jardin ; la solution d'un triple habillage n'est-elle pas concluante ? Un voilage cache la vue tout en laissant entrer la lumière, un store drapé d'attaches adoucit l'ensemble qu'encadre harmonieusement un rideau dans un tissu coordonné.

IL EST BIEN RARE DE NE PAS AVOIR CHEZ SOI une fenêtre dont on ne sait vraiment pas que faire. S'il s'agit d'une salle de bains, le problème est facilement résolu par des voilages froncés sur une tringle devant la fenêtre ; la lumière peut passer et l'intimité est néanmoins préservée.

Quand la vue est vraiment inintéressante, la meilleure solution est un beau panneau de dentelle qui en voilera les contours sans assombrir la pièce. On trouve dans le commerce de belles copies de dentelle ancienne ou des panneaux de mousseline brodés à des prix raisonnables qui ont l'avantage de s'entretenir très facilement. Il suffit de les suspendre à des tringles légères puis de penser à les laver très régulièrement pour garder leur éclat. En les remettant bien humides sur la tringle, ils reprennent sans problème leur tombé d'origine. Pour ajouter un peu de fantaisie, vous pouvez mettre derrière de l'organdi de teintes variées pour que des effets de couleurs chatoyantes suppléent au manque de charme de l'environnement.

La situation la plus difficile à gérer est celle de la fenêtre face à un obstacle qui empêche la passage de la lumière. Il peut s'agir d'une haie trop proche, d'un réservoir à mazout mal placé, d'un arbre devenu encombrant. Il faut donc trouver un moyen pour camoufler au mieux cette ouverture gênante tout en l'insérant dans la décoration. On doit pouvoir imaginer les rideaux prêts à s'ouvrir… le store prêt à être relevé…

Gros plan sur la façon dont les liens retiennent le store simplement roulé à la hauteur requise.

Fournitures

- Tissu A selon mesures
- Tissu B de doublure
- Tissu C pour store selon mesures
- 2 bandes de bordure de 24 cm de large x longueur requise
- 8 liens pour le store de 15 cm de large x 200 cm
- 1 bande de bordure pour le store de 15 cm x longueur requise
- Voilage selon mesures
- Velcro

Prenez des mesures en gardant à l'esprit que vous confectionnerez un rideau fixé à une tringle 10 cm au-dessus du cadre de la fenêtre, un panneau de voilage de mousseline aux mêmes dimensions et un store plat.

Comptez un surplus de 30 cm pour la tête de rideau et 12 cm pour les ourlets.

Installez une tringle légère pour le voilage contre le cadre de la fenêtre et un tasseau étroit pour le store juste au-dessus puis 10 cm plus haut une tringle à rideau en bois dont les pitons encadreront le tasseau du store. Il ne sera jamais complètement remonté, il n'a qu'une fonction décorative.

1 Pour le rideau, épinglez les bordures sur le côté et le bas, endroit contre endroit, faites l'angle et piquez à 1,5 cm du bord.

2 Repassez et retournez la bordure en laissant 10 cm sur le devant puis cousez au point de chausson en faisant un rentré.

3 Placez le rideau à l'envers sur la table, faites un rentré de 6 cm de l'autre côté. Glissez des plombs dans les coutures et cousez. Placez le tissu de doublure sur l'envers et cousez le long de la bordure puis faites un ourlet à 10 cm du bas et à 3 cm sur l'autre côté.

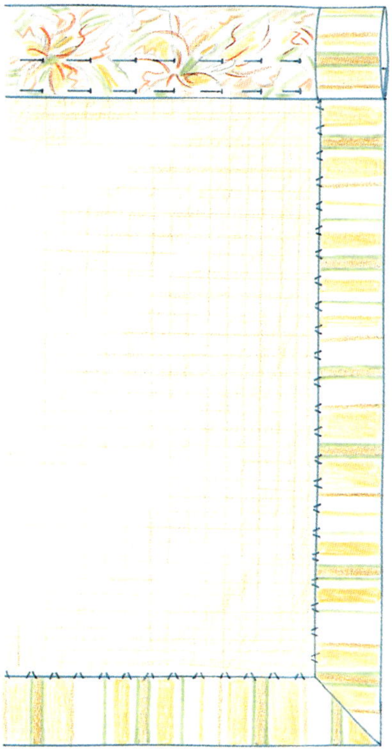

4 Mesurez depuis l'ourlet et épinglez la ligne à la hauteur voulue, coupez le débord et pliez de 1,5 cm puis repliez de 6 cm pour former une bande dans laquelle vous glisserez la tringle.

5 Pour le voilage, prévoyez le double de la largeur de la fenêtre puis coupez à la longueur requise avec 6 cm de plus pour l'ourlet et 8 cm pour la tête. Faites une couture anglaise pour assembler les largeurs et des rentrés de 3 cm sur les côtés et l'ourlet du bas. Pour la tête, faites un rentré de 4 cm puis un autre de même dimension. Piquez au bord de ce double pli puis parallèlement, 2 cm au-dessus afin d'obtenir une bande dans laquelle sera glissée la petite tringle à voilage.

6 Pour le store, piquez la bordure sur les deux côtés et le bas, endroit contre endroit puis repassez et retournez pour les finitions sur l'envers comme pour le rideau.

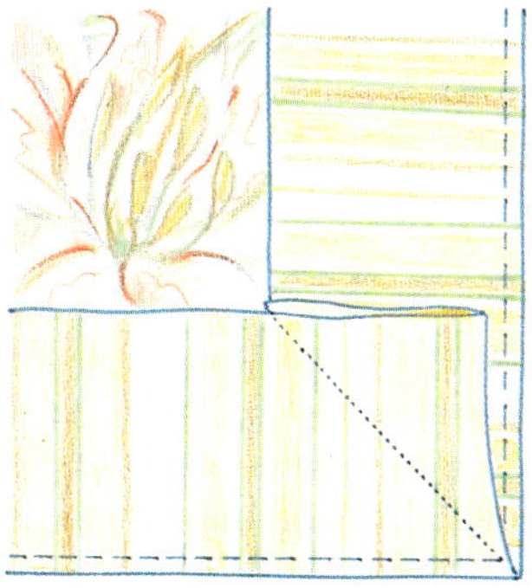

7 Les liens se confectionnent en pliant les huit bandes en deux sur la longueur puis en piquant à 12 mm du bord, l'extérieur de la bande et un des côtés. Après avoir formé les angles, retournez le tissu puis écrasez-le au fer. Cousez les liens ensuite en haut du store à 20 cm environ de chaque bord en faisant coïncider endroit et envers. Faites un rentré de 2 cm en haut du store, épinglez le velcro et cousez à la machine. Il ne reste plus qu'à

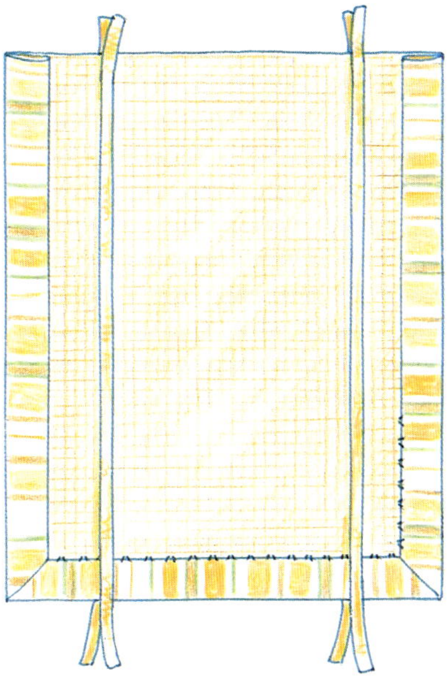

coller l'autre partie du velcro au tasseau et à assembler.

8 Vous pouvez confectionner une embrasse tressée avec des chutes des trois tissus comme il est expliqué page 21.

D'AUTRES IDÉES DÉCO...

Des motifs floraux et des volutes blanches sur fond bleu pastel peuvent donner une interprétation très différente à cet habillage par superposition.

Projet 4

Habiller une lucarne de toit

On a souvent recours aux lucarnes de toit pour apporter de la lumière lors de la réhabilitation de greniers, de granges ou lors d'une surélévation du toit pour agrandir une maison. Dans ce type d'ouvertures avant tout fonctionnelles, il s'agit d'abord de pourvoir à l'isolation et de se protéger de la luminosité par un habillage approprié.

Les fabricants de lucarnes de toit commercialisent des stores roulants adaptés qui peuvent se manœuvrer selon différents systèmes, mais n'hésitez pas à faire preuve de créativité personnelle. Pour intégrer élégamment ce type de fenêtre dans la décoration de la pièce, confectionnez vous-même un store à enrouleur dans un tissu dont le charme l'emportera sur la gamme des produits standard proposés. Choisissez un motif qui fasse de l'effet quand il est posé à plat. Vous pouvez coudre un rideau accroché à une tringle et retenu en bas ou bien fixé en haut et en bas par deux tringles. Mais, pour cela, il faut que la fenêtre soit facilement accessible.

Dans cette chambre d'adolescent, sous les combles d'une ferme aménagée où des fenêtres de toit ont été posées, le problème était de tamiser le soleil et de faire écran à la lumière. La solution trouvée fut ce store à enrouleur, décoratif et sur mesure. L'originalité du cadre en forme de soleil apporte beaucoup de fantaisie à une réalisation fonctionnelle ; l'encadrement sur lequel est fixé le store laisse devant la lucarne un espace de 5 cm qui assure une bonne ventilation à la chambre.

Cette lucarne ronde s'habille de simplicité : un carré de mousseline suspendu à des crochets en laiton au-dessus de l'encadrement de la fenêtre.

Mesurez la fenêtre et reportez ces cotes sur un morceau de papier kraft ou de carton léger. Marquez l'ouverture nécessaire et dessinez la forme que vous voulez réaliser autour. Coupez ou faites couper cela dans un contre-plaqué de 6 mm puis peignez-le ou recouvrez de tissu. Faites ensuite un cadre de 5 cm de profondeur, fixez autour de la fenêtre et peignez.

Mesurez très exactement l'intérieur du cadre et déduisez 6 mm de chaque côté pour obtenir la largeur du store. Ajoutez 20 cm à la hauteur de la fenêtre pour obtenir la longueur requise pour le store. Vissez les supports fournis avec le kit d'enroulage à l'intérieur du cadre de la fenêtre. Utilisez un niveau à bulle et prenez des mesures extrêmement précises sinon le store risque, en se déséquilibrant petit à petit d'un côté, de se déchirer ou de se coincer, ce qui le rendrait très difficile à manœuvrer.

Fournitures

- Store à enrouleur en kit coupé à la largeur de la lucarne
- Tissu aux mesures requises
- Encadrement

1 Coupez le tissu et suspendez-le pendant que vous le vaporisez d'un apprêt spécial ; une fois bien sec, vérifiez que l'ensemble du store a la même tenue et coupez les bords de façon très nette avec une bonne paire de ciseaux.

2 Repliez sur l'envers le bord inférieur sur 4 cm et faites une piqûre à la machine. Coupez la baguette du bas du store pour qu'elle soit un peu plus étroite que la largeur du rideau et enfilez-la dans la glissière. Vissez le support du cordon au centre du store en traversant le tissu et le bois.

3 Collez le tissu très précisément le long du repère tracé sur le rouleau pour ne pas nuire à l'équilibre du système d'enroulage ; placez-le entre les supports et, en suivant les instructions du fabricant, réglez correctement la tension.

Cette lucarne de toit est facilement accessible, mais ce n'est pas souvent le cas. Si elle est hors d'atteinte, installez un cordon – assorti à la couleur du mur – que vous passerez par un petit trou au milieu de la partie inférieure de l'encadrement.

Deux tissus coordonnés comme ceux-ci peuvent avoir beaucoup de charme rehaussés l'un par l'autre, le motif le plus sobre servant de bordure.

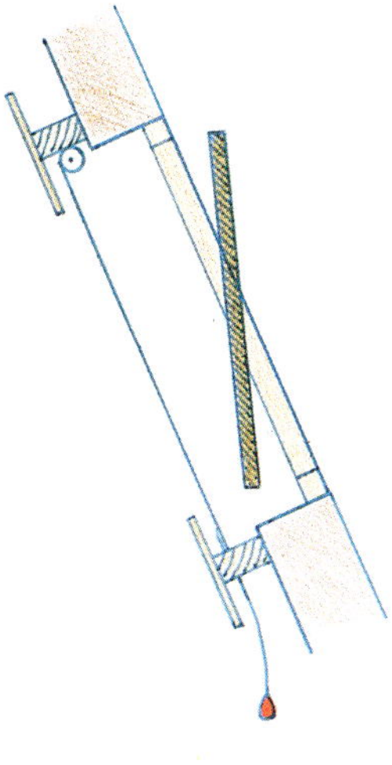

Ici, le store ouvert laisse entrer la lumière du jour et l'on voit bien sur cette photo la façon dont il a été réalisé, en avant du cadre de la lucarne.

Projet 5

Les fenêtres à croisée

LES FENÊTRES À CROISÉE suivant leur taille et leur structure s'ouvrent soit à l'intérieur soit à l'extérieur. Ce type de fenêtre, simple carré de verre ou grande baie vitrée, correspond aux critères de commodité en vigueur dans les constructions modernes.

Lorsque ces fenêtres sont petites, il faut pouvoir écarter les pans des rideaux pour donner le plus de luminosité possible. En revanche, de grandes fenêtres de ce genre dans des pièces hautes de plafond paraissent encore plus élégantes avec des rideaux savamment drapés et bien proportionnés par rapport à l'architecture intérieure.

Tous les styles de stores peuvent s'adapter à ces fenêtres mais sachez que plus la fenêtre est petite, plus son habillage doit être sobre. Évitez le côté vaporeux et bouillonné, optez plutôt pour des stores à enrouleur ou à cascade, puis ajoutez votre touche personnelle, classique ou décontractée suivant l'ambiance que vous voulez créer.

Du vichy bleu et blanc ponctué de boutons et de rubans de biais en vichy rouge animent cette fenêtre d'un séjour moderne. Les rideaux se détachent sur de la doublure de toile bleu uni ; avec les pages suivantes pour guide, vous parviendrez sans peine à confectionner un habillage de ce genre pour vos fenêtres.

Gros plan sur les boutons et les attaches de cette tête de rideaux particulièrement originale.

Avec de l'imagination, même les tissus les plus modestes – toiles de jean et de Vichy – peuvent avoir beaucoup d'allure et donner une touche originale à la fenêtre la plus banale.

Inspiré des patchworks américains, cet assemblage de tissus a le charme rustique du « bon vieux temps » et peut se combiner dans la décoration de la pièce à un mobilier en pin ou bien à un style bord de mer aux couleurs toniques.

Ces rideaux basiques, sans doublure, ont des plis faits main et coulissent sur la tringle grâce à des attaches décoratives. Maintenus par des boutons, les deux tissus – en se superposant – forment un encadrement qui leur donne beaucoup de charme.

Une tringle en bois peint s'adapte parfaitement à la simplicité de l'ensemble. Pour décider de l'accrochage des rideaux, voyez jusqu'où ils doivent être tirés pour que la lumière entre le plus possible dans la pièce et n'oubliez pas qu'une tringle se fixe en général à 10 à 12 cm au-dessus du renfoncement de la fenêtre. Pour confectionner les rideaux, mesurez depuis le bas des anneaux jusqu'au sol, la largeur étant celle de la tringle.

Pour prendre les mesures du rideau de dessous, reportez-vous à la page 12 ; quant au panneau du dessus, il sera de 15 cm de moins que la hauteur à l'anneau avec 2 cm pour le haut et 8 cm pour l'ourlet du bas. Prévoyez, pour l'ampleur, deux largeurs de métrage. Ainsi, pour ces rideaux, il aura fallu 4,2 m pour le panneau de dessus et 4,9 m pour celui du dessous.

Fournitures

- Tissu du dessus selon mesures
- Tissu du dessous selon mesures
- 1 m de tissu contrastant
- Bande d'entoilage de 10 cm selon mesures
- Cinquantaine de boutons
- 4 m de biais ou ruban de Vichy pour les 10 attaches

1 Confectionnez les panneaux unis suivant le modèle de la page 15, en laissant en attente les têtes de rideaux.

2 Faites de même pour les panneaux à motifs en prévoyant 8 cm pour les côtés et autant pour l'ourlet du bas.

3 Pour plisser les têtes des rideaux, depuis l'ourlet et sur la largeur du lé, marquez tous les 30 cm un repère afin de tracer une ligne qui définira la longueur requise de votre rideau. Sur cette ligne, vous positionnerez une bande d'entoilage de 10 cm. Pliez le tissu dessus puis rabattez-le sous la bande et épinglez.

Mesurez la largeur du rideau fini et calculez la façon dont vous allez répartir les plis. Dans l'exemple présenté, il y a cinq plis de 13 cm par pan de rideau. Après avoir calculé combien il faut de tissu pour chacune des extrémités, divisez le restant par quatre, le nombre d'intervalles entre les plis :

63 – 8 – 10 = 45 : 4 = 11,25 cm.

Marquez le haut du rideau suivant ce schéma :
8 / 13 / 11,25 / 13 / 11,25 / 13 / 11,25 / 13 / 11,25 / 13 / 10.

Façonnez les plis, épinglez et piquez à 8 cm du haut en terminant soigneusement les extrémités à la main puis faites de même pour les autres rideaux.

4 Pour les rideaux à carreaux du dessus, mesurez et marquez la longueur à l'anneau moins 15 cm. Coupez le tissu en trop en ne gardant que 4 cm de surplus tout autour que vous rabattrez vers l'envers, repassez. Pliez le rideau en quatre dans le sens de la longueur et épinglez ces quatre points sur lesquels vous ferez des plis de 10 cm coïncidant avec les plis du rideau de dessous ; fixez par des boutons cousus au centre de chaque pli puis nouez une attache autour de chacun d'eux.

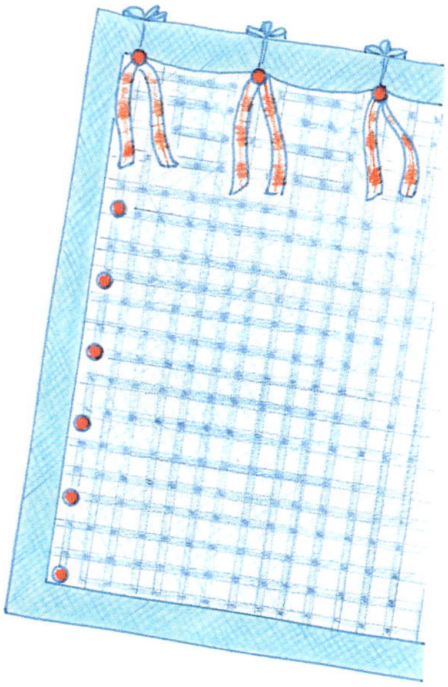

Avec des variantes…

- Une tringle plus fine en fer forgé pourrait aussi très bien convenir, surtout si l'espace au-dessus de la fenêtre est réduit.
- Recouvrir la tringle de l'un des deux tissus ajouterait encore une petite touche de fantaisie.

D'AUTRES IDÉES DÉCO…

Des anneaux et un coupon de tissu drapé en écharpe habillent avec charme cette petite fenêtre ; un store rayé isole la pièce du froid.

Projet 6

Rééquilibrer les proportions

Le terme d'horizontal est presque approprié pour décrire ce genre de fenêtre plus large que haute, qu'il s'agisse d'une baie occupant tout un pan de mur ou bien d'une ouverture rajoutée pour donner plus de lumière à une chambre. Certaines fenêtres peuvent être disposées horizontalement pour servir d'encadrement à un panorama particulièrement beau mais, d'une façon générale, elles n'ont que peu de personnalité, caractéristiques des immeubles modernes aux appartements bas de plafond. Un habillage un peu créatif peut néanmoins les transformer ou du moins les intégrer plus harmonieusement dans la pièce mais il est parfois délicat d'installer des rideaux longs, devant un radiateur qui souligne presque inévitablement ce type de fenêtre.

C'est la forme de la pièce plus que celle de la fenêtre qui va guider votre choix de rideaux. Si la vue est splendide, sélectionnez des tissus assez neutres pour que le regard se porte sur l'extérieur ; de nuit, vous pouvez imaginer éclairer les abords immédiats plutôt que de tirer des rideaux mais, si vous optez pour un habillage de fenêtre, restez dans des tons assortis aux murs et sans motifs bigarrés. Pensez toujours à l'effet de masse produit par des rideaux tirés ; seule une très belle architecture intérieure peut supporter des dessins marqués, des couleurs fortes, des drapés imposants. Des stores peuvent se révéler indispensables pour filtrer la lumière. Les plus adaptés sont les modèles droits ou à enrouleur choisis dans une gamme de tons sobres.

Ces ouvertures plus larges que hautes sont caractéristiques des années 60 et 70. Les radiateurs étaient alors systématiquement positionnés sous les fenêtres, réduisant beaucoup les possibilités de rideaux longs et élégants. Ici, nous présentons un exemple qui a le mérite, tout en étant très simple, de s'adapter à tous les cas de figures.

La tringle choisie pour le drapé est en fer forgé mais elle peut être en cuivre, recouverte de tissu ou bien peinte, selon votre goût. Si vous avez déjà une cantonnière au mur, vous pouvez aussi l'utiliser et faire tenir le drapé avec des punaises. Quant aux rideaux, ils peuvent être froncés sur une plus petite tringle fixée derrière la première ou à des anneaux sur un rail à l'arrière de la tringle.

Soit vous relèverez les deux pans des rideaux pour dégager le radiateur, soit vous installerez un store derrière le drapé.

Mesurez la fenêtre comme il a été indiqué pour évaluer la longueur et l'ampleur des rideaux. Pour une petite fenêtre, une seule largeur peut suffire mais il peut bien sûr en falloir beaucoup plus, d'après les dimensions de l'ouverture. Évaluez la hauteur nécessaire pour la tête du rideau suivant que vous prévoyez un ruban fronceur pour des anneaux ou bien des fronces coulissées sur une petite tringle.

Un sari drapé avec grâce sert de rideaux à cette fenêtre et en corrige la banalité. Les pans de part et d'autre camouflent un peu le radiateur sans empiéter sur le rebord de la fenêtre où miroitent des verres d'un bleu franc.

Fournitures

- Métrage de tissu nécessaire (2 saris indiens dans l'exemple)
- Tringle ou une cantonnière
- Bande de 1,5 m de tissu pour les embrasses et deux crochets

1 Pour confectionner les rideaux, coupez les saris aux mesures avec un surplus de 15-20 cm pour que le bas repose sur le sol et assemblez les panneaux avec des coutures anglaises. Pour les bordures de la couture, rentrez deux fois le tissu pour former un ourlet de 2,5 cm et faites une couture invisible. Procédez de même pour l'ourlet en bas en comptant 6 cm. Mesurez depuis l'ourlet jusqu'à la hauteur requise puis rabattez le tissu nécessaire à la tête des rideaux sur l'envers ; suivant votre choix, faites une glissière

pour faire passer une tringle ou bien cousez un galon fronceur à 6 cm du haut.

2 Pour achever le rideau, rentrez 2,5 cm de tissu tout autour pour un ourlet que vous pouvez rendre décoratif par une piqûre à la machine contrastée ou une broderie au point d'arête si vous appréciez les travaux d'aiguille.

3 Il ne reste plus qu'à fixer le drapé en l'enroulant harmonieusement autour de la tringle puis à le punaiser en quelques points. Commencez d'un côté en laissant un peu de longueur sur le sol comme prévu afin d'équilibrer les deux panneaux de chaque côté de la tringle. Attention cependant à ne pas arracher ce tissu léger et fragile quand vous aurez à le descendre pour le nettoyer.

4 Pour maintenir les rideaux par des embrasses, coupez deux bandes de 60 cm de large sur 1,5 m de long. Pliez en deux dans la longueur, endroit contre endroit, puis coupez un angle à 45° aux deux bouts ; faites une piqûre à la machine en laissant une ouverture de 6 cm au milieu puis retournez l'embrasse à l'aide d'une épingle. Repassez le long de la couture et terminez à petits points de surjet. Avec un fil double, froncez ensuite le milieu de la bande et fixez-y solidement un anneau en laiton. Une fois crochet et anneau installés, faites un nœud simple ou vaporeux pour maintenir les rideaux écartés de part et d'autre de la fenêtre.

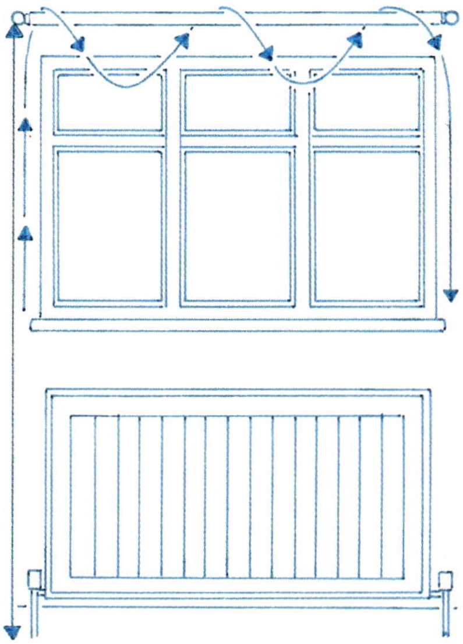

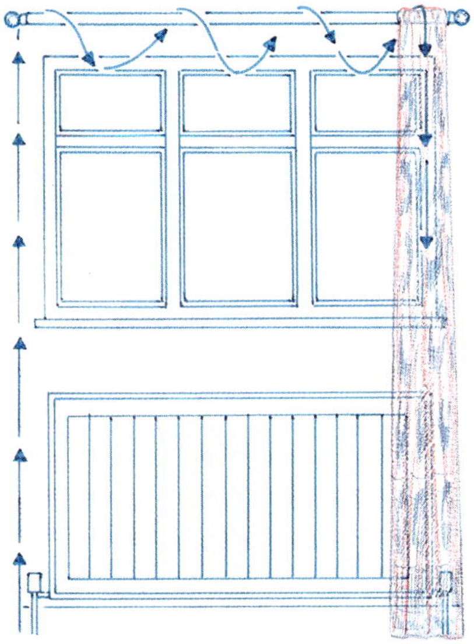

D'AUTRES IDÉES DÉCO...

Cette fois, deux saris marient leurs contrastes en un souple drapé pour habiller de façon simple, élégante et non conformiste des fenêtres qui n'ont pas besoin de rideaux tirés la nuit. Un autre camaïeu de couleurs plus chaudes.

Projet 7

Les portes-fenêtres

LES PORTES-FENÊTRES peuvent s'ouvrir vers l'intérieur ou l'extérieur, donnant directement sur des courettes, terrasses, jardins, patios qui, plusieurs mois par an, deviennent des lieux de vie privilégiés pour toute la famille. Il faut donc tenir compte, pour l'habillage de ces fenêtres, de la fréquence du passage.

Sur le plan technique, toutes les solutions sont possibles à condition de pouvoir ouvrir et fermer très facilement les portes-fenêtres. Attention aux cantonnières qui doivent être placées suffisamment haut pour ne pas être gênantes à l'ouverture des panneaux.

Ces rideaux de soie sauvage safran avec leur bordure ocre sont du meilleur effet devant cette porte-fenêtre ouvrant sur une terrasse fleurie. Leur ampleur a été volontairement réduite pour leur permettre d'être tirés sans empiéter sur la fenêtre mais ils ont été doublés d'une percale de coton pour leur donner du corps et une meilleure capacité d'isolation. Pour les maintenir ouverts, suivant la hauteur souhaitée, des embrasses en forme de rubans noués (*cf.* page 21) se fixent à un crochet derrière le pan du rideau.

Un voilage vaporeux maintient une certaine intimité dans ce salon qui ouvre sur l'extérieur par une porte-fenêtre et peut facilement être tiré sur le côté pour permettre le passage.

Fournitures

- Tissu des rideaux selon les mesures
- Même quantité de doublure
- Tissu pour la bande contrastante suivant les mesures
- 3 largeurs de bande d'entoilage
- Tringle et des crochets à rideaux

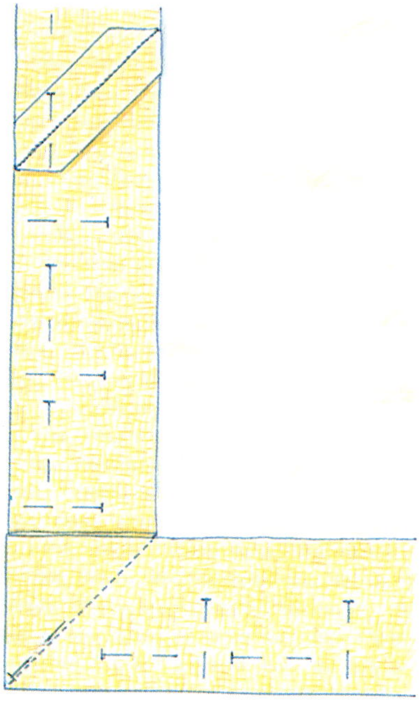

Fixez votre tringle juste au-dessus de la porte-fenêtre. Mesurez depuis le sol jusqu'au bas de l'anneau, ajoutez 15 cm pour une généreuse longueur de rideau et comptez à peu près un cinquième de cette mesure pour la cantonnière qui fait partie du rideau.

Cet habillage de fenêtre nécessite une fois et demie la largeur du tissu ; il faut donc, d'après la taille de la tringle, multiplier par un et demi puis diviser par la largeur des lés de tissu. On a eu besoin pour la confection de ces rideaux de trois largeurs : une fois et demie par côté et autant pour la doublure.

La bordure contrastante fait le tour complet des rideaux et mesure 12 cm de large.

1 Coupez les six longueurs des deux tissus, pour en faire quatre pans après avoir fait des coutures à la machine que vous écraserez au fer. Procédez de même pour la doublure que vous fixerez au rideau par une couture baguée comme à la page 16 (voir les explications en fin d'ouvrage pour ce point, page 61). Puis épinglez ensemble les bords en les ajustant bien.

2 Coupez des bandes de 12 cm de large pour les bordures. Assemblez-les par des coutures en biais pour avoir les longueurs requises tout en évitant des surépaisseurs, puis repassez bien les coutures.

3 Épinglez cette bordure à l'envers, à 3 cm du bord du rideau, rabattez et faites les angles puis épinglez à nouveau par derrière.

4 Piquez à la machine en suivant exactement cette ligne, à 3 cm du bord. Aux coins, faites un point d'arrêt, rabattez l'angle puis repartez pour faire le côté suivant ; donnez ensuite un coup de fer pour bien placer la bordure.

5 Procédez de même pour l'autre rideau en vous aidant du premier et reportez-vous page 16 pour faire les coins en onglet.

6 Mesurez depuis le haut et épinglez sur toute la largeur une ligne à 40 cm ; cela vous servira de repère pour positionner avec des épingles le ruban fronceur que vous piquerez à la machine en prenant les deux épaisseurs de tissu. Rabattez ensuite sur l'endroit pour former

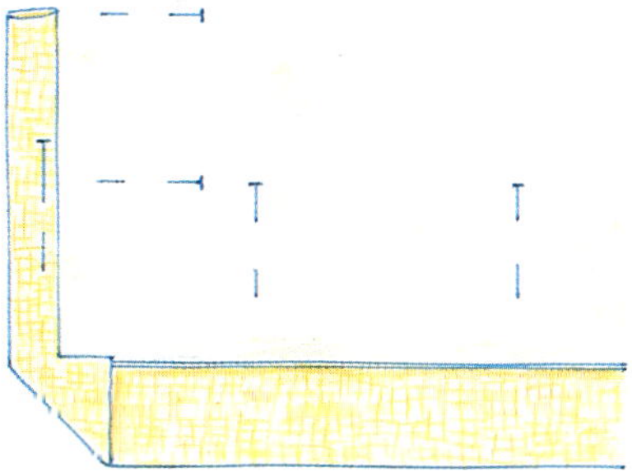

la cantonnière en haut de laquelle vous coudrez cinq crochets espacés régulièrement ; il ne vous reste plus qu'à tirer les fils pour froncer rideau et cantonnière.

D'AUTRES IDÉES DÉCO...

Cette porte-fenêtre qui donne sur un petit balcon est fréquemment ouverte l'été ; dans ce cas, une embrasse en passementerie maintient le voilage ouvert sur un des côtés.

En mariant des voiles de couleurs, on peut obtenir un voilage du plus bel effet.

Projet 8

Habiller une fenêtre à guillotine

TOUTES LES SOLUTIONS peuvent convenir à ce genre de fenêtres traditionnelles. Certains décorateurs sont des inconditionnels des stores bouillonnés mais des rideaux habillent aussi très bien la hauteur de ces fenêtres à guillotine. Une cantonnière en complément peut aussi être un excellent choix; elle a l'avantage de couper visuellement une ouverture démesurément haute. Il y a toutes sortes de façon de recouvrir une cantonnière en bois: vous pouvez la rembourrer, la décorer d'une longue frange ou bien la tapisser de tissu et la capitonner. La complémentarité de stores et de rideaux peut être aussi une solution parfaite. Tiré aux deux tiers de la fenêtre, le store rééquilibre bien une fenêtre trop étroite et l'élégance d'un long rideau autour harmonise parfaitement l'ensemble.

Par ailleurs, des têtes de rideaux fixes avec les pans drapés aux trois quarts de la hauteur donnent beaucoup d'allure à ce genre de fenêtre. On peut aussi imaginer des superpositions toujours spectaculaires, chaque pan drapé à des hauteurs différentes avec un effet de cascade du haut en bas. Les maisons anciennes sont souvent l'objet de multiples transformations pour ajouter, ici une salle de bains, là une chambre supplémentaire et, parfois, les fenêtres sont partagées en deux. La plus grande partie est dévolue à la chambre, l'autre à la salle de bains ou à une pièce plus petite. On peut corriger cette disproportion par un store tiré aux deux tiers de la hauteur de la fenêtre.

Ces rideaux habillent la fenêtre d'une chambre citadine que l'on voulait à tout prix égayer pour faire oublier la grisaille et la promiscuité des immeubles environnants. Des murs et un parquet blanc se marient à la perfection avec les rideaux d'un bleu soutenu pour créer une ambiance rafraîchissante de maison méditerranéenne. Des rayures très simples se combinent avec le bel imprimé provençal de la doublure lorsque les pans des rideaux sont maintenus en arrière. La tête des rideaux est fixe, permettant ainsi de camoufler un peu le vis-à-vis.

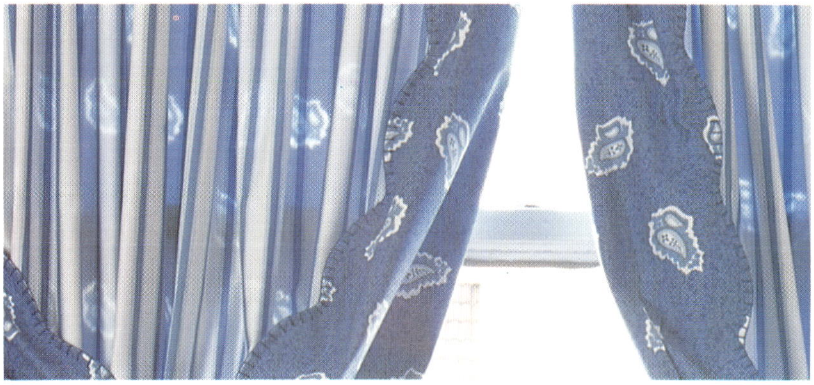

Un détail de charme en gros plan: la bordure au point de feston sur la doublure rabattue devant le rideau.

Fournitures

- Tissu suivant les mesures
- Tissu de doublure suivant les mesures
- Fil à broder
- Aiguille à broder
- Galon fronceur
- Velcro
- Bande d'entoilage ou du carton fort

Curieusement, pour ce modèle de rideaux, il vaut mieux choisir d'abord le tissu de la doublure que vous assortirez ensuite avec les rideaux : rayures, carreaux ou faux unis coordonnés.

Têtes, côtés et bas des rideaux sont découpés en forme de feston avec une finition brodée d'un fil qui reprend la teinte la plus soutenue de l'imprimé. C'est un détail plein de charme et de subtilité mais si cela dépasse vos compétences ou votre patience, achetez un galon que vous glisserez entre le rideau et la doublure.

Mesurez votre fenêtre et évaluez le métrage nécessaire comme indiqué page 10 et page 12.

Coupez un tasseau de 5 cm à la largeur de la fenêtre, recouvrez-le de tissu puis d'une bande de velcro et fixez-le en haut de l'encadrement. Vissez des crochets à embrasses aux deux tiers de la fenêtre.

Dans cet exemple, la fenêtre fait 125 cm de large et le haut de l'encadrement est à 230 cm du sol. Aucun surplus n'est compté si ce n'est une marge de sécurité de 5 cm et la largeur du métrage donne une double ampleur aux rideaux.

1 Façonnez un gabarit à l'aide d'un bol, d'un verre ou bien d'un compas. Positionnez l'endroit du tissu contre la table. Dessinez les festons sur les côtés ; en haut et en bas, arrondissez un peu plus les angles intérieurs du haut et du bas du rideau. Coupez en ménageant 1,5 cm pour la couture.

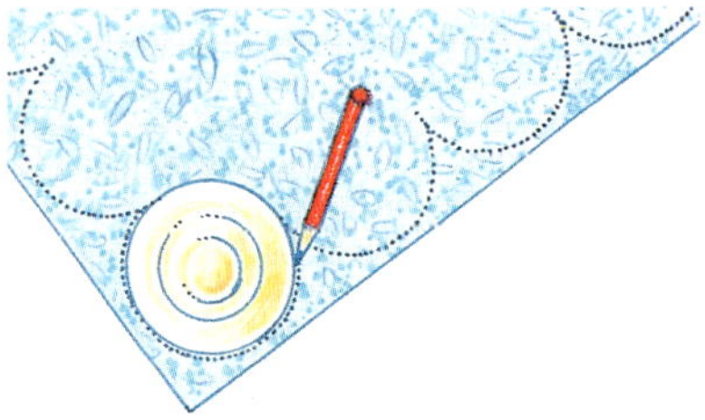

2 Positionnez les deux tissus l'un sur l'autre avec des épingles, endroit contre endroit, et faites la piqûre en suivant soigneusement le dessin des festons, puis coupez le tissu à 6 mm tout autour en échancrant nettement les pointes.

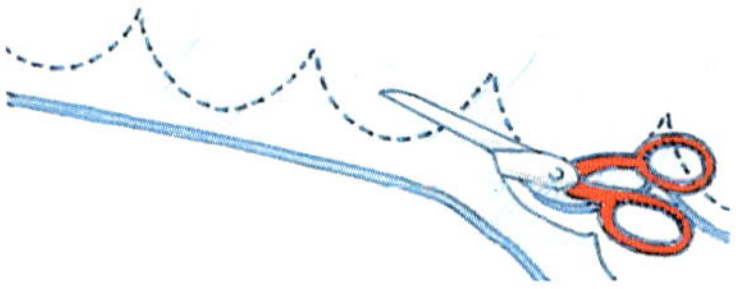

3 Retournez l'assemblage des deux tissus à l'endroit. Écrasez les bords festonnés au fer et faites des rentrés sur les bords extérieurs que vous coudrez ensemble au point de surjet.

4 Positionnez le galon fronceur sur l'envers.

5 Lancez-vous dans le travail de broderie avec des points de feston espacés de 12 mm. Le point peut être assez large

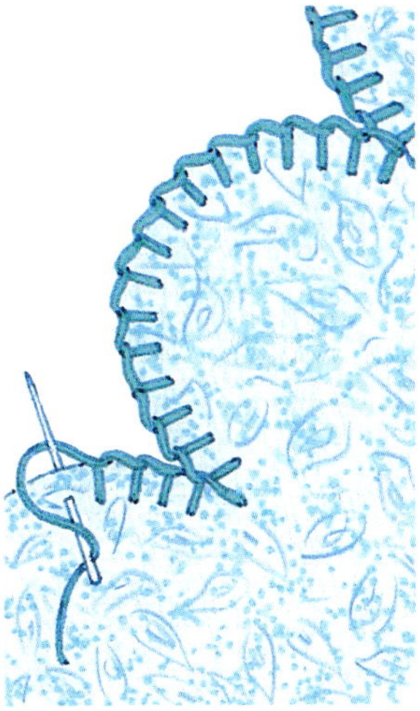

et d'une couleur intense si l'imprimé est plutôt soutenu, mais pour des petits motifs pastel, brodez plus finement et dans des teintes plus douces.

6 Tirez les fils de fronces du galon à mi-largeur du tasseau d'accrochage puis cousez par-dessus le velcro.

7 Installez les rideaux et drapez les bords comme vous le souhaitez. Faites un repère, puis fixez le rideau et son drapé aux crochets avec des petites attaches que vous insérerez solidement dans les coutures des côtés.

D'AUTRES IDÉES DÉCO…

Un store partiellement déroulé tenu par des liens, et l'ensemble est adouci d'un voilage drapé romantiquement autour de la fenêtre, retombant sur le sol avec douceur.

Ces tissus coordonnés peuvent donner belle allure à des rideaux auxquels est assorti un store plat.

Projet 9

Draper une ouverture en arc

Des fenêtres cintrées, qu'elles soient grandes ou non, confèrent toujours une personnalité particulière à la structure architecturale d'un lieu aussi bien ancien que moderne. Elles ont souvent été percées à la suite d'une surélévation, au-dessus d'une porte d'entrée, par exemple, pour donner de la lumière à un escalier ou à un palier. Parfois, elles mettent en valeur une vue particulièrement belle et participe par leur forme et leur taille à l'élégance de l'une des pièces principales de la maison.

Peut-être n'avez-vous pas cette chance… les abords méritent plutôt d'être cachés. La solution présentée a réponse à tout en tamisant la vue d'un voilage de mousseline ou d'organdi sans cacher pour autant la structure de la fenêtre. Une ampleur importante jettera un voile pudique sur l'extérieur alors qu'un voilage plus léger ne fera qu'en adoucir un peu plus les contours. Vous pouvez opter pour le blanc vaporeux d'un tissu, pour l'aspect chatoyant d'une mousseline de couleur, voire pour un jeu de contrastes de voiles colorés superposés. Pourquoi ne pas marier du jaune pastel, du blanc, du rose très pâle ou bien tenter cette association : lilas, vert tendre et bleu ciel. Gardez toujours en tête la solution du pochoir qui, utilisé avec délicatesse, peut merveilleusement personnaliser la moindre fenêtre et se prêter aussi à des superpositions très inventives.

Ces drapés permanents seront fixés à des crochets vissés dans l'encadrement de la fenêtre ou montés sur un système d'accrochage spécialement adapté. On trouve dans le commerce de petites tringles permettant d'accrocher les rideaux dans des arcs de cercle.

Le même voilage qu'à droite sans le drapé frontal. Le tissu a été décoré de fleurs de lys peintes au pochoir, ce qui est facilement réalisable avec le matériel adéquat.

Ce type de réalisation convient à tous les styles d'ouvertures dont le haut est en demi-lune, belles ou moins belles. Le rideau peut être relevé ou retenu et le haut décoré avec élégance pour attirer le regard.

Pour évaluer le métrage requis, multipliez la largeur de l'arche par trois puis divisez par la largeur du tissu. Mesurez ensuite la hauteur depuis le haut de l'arche jusqu'au sol en ajoutant 20 cm par lé. Ajoutez une largeur de tissu pour disposer un drapé en travers de l'arche et un mètre de chaque côté pour les retombées de gauche et de droite.

L'accrochage est extrêmement simple : des crochets décoratifs sont fixés tout autour du cadre, espacés chacun d'environ 30 cm. On peut choisir aussi des petites patères peintes ou en bois naturel.

Si l'on veut pouvoir ouvrir ces rideaux, c'est possible en fixant un petit tasseau autour du bord pour servir de support à une tringle ou en fixant les crochets au plafond.

Fournitures

- Crochets
- Voilage suivant les mesures

1 Coupez le voilage en deux. Partagez dans le sens de la longueur l'une des deux largeurs. Assemblez avec une couture anglaise en mettant les demi-largeurs aux extrémités afin d'éviter une couture peu discrète en plein milieu. Repassez légèrement les coutures puis rentrez 5 cm des côtés sur l'envers et pliez en deux au fer pour faire un ourlet de 2,5 cm que vous épinglerez. Faites de même pour le haut et l'ourlet du bas avec 10 cm ramenés à 5 cm puis piquez tout autour.

2 Vissez les crochets en laiton sur le cadre en commençant par celui du milieu, puis les deux des extrémités (2 et 3 sur l'illustration). Placez les quatre autres crochets régulièrement. Ensuite vous pouvez, comme ici, y accrocher les voilages grâce à des anneaux-clips en laiton.

3 Faites des marques sur le tissu pour repérer le nombre d'intervalles à prévoir entre les crochets, six sur le modèle présenté. Épinglez chaque point d'accroche. Installez ensuite celui du haut au crochet central en laiton et laisser le tissu reposer jusqu'au sol. Accrochez les deux extrémités de part et d'autre, de façon à ce que l'ourlet soit bien d'aplomb, puis tous les points intermédiaires en vérifiant toujours l'alignement du bas et en laissant le haut se draper pour former des godets. Le bord supérieur peut d'ailleurs être bordé d'un galon ou d'une broderie.

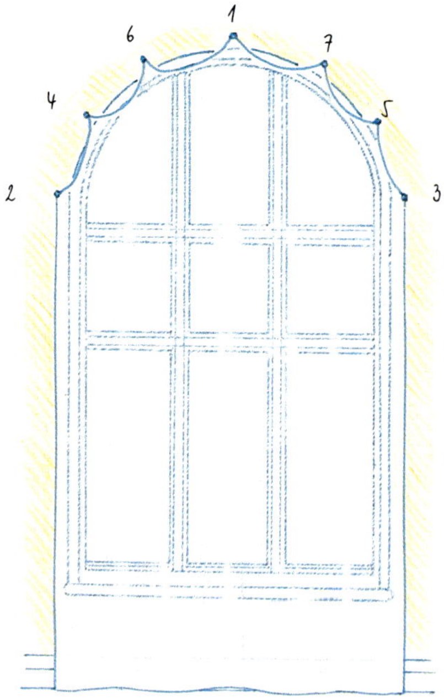

Quelques variantes...

Vous pouvez installer une tringle en métal, brut ou peint, adaptée à la forme de la fenêtre. Un ferronnier peut la réaliser si vous lui donnez un gabarit en carton de la forme de l'arc. Il pourra plier la tringle à la courbure exacte. Avec des anneaux tous les 30 cm, vous accrocherez les rideaux.

Guide de couture

Point de boutonnière

Travaillez de gauche à droite en piquant l'aiguille sous le tissu à quelques millimètres du bord. Ressortez le fil en formant une boucle sous la pointe de l'aiguille puis tirez jusqu'à former un nœud juste au bord du tissu.

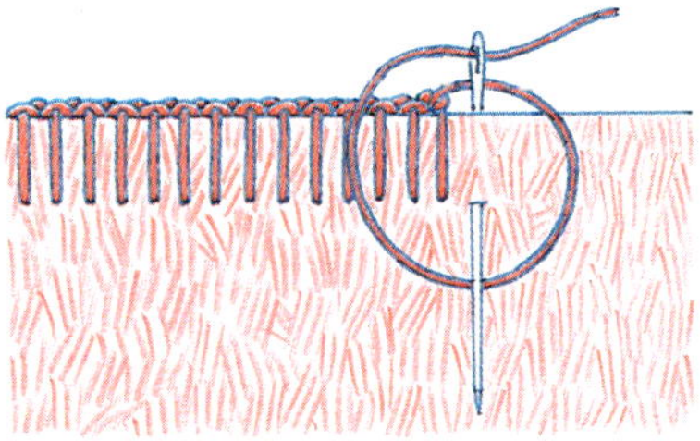

Point d'ourlet

Ce point s'utilise pour le bas de tous les rideaux et pour les côtés des rideaux non doublés. Glissez l'aiguille dans le pli de l'ourlet sur 1,5 cm environ en prenant deux fils du tissu et ressortez l'aiguille un peu plus loin dans le pli, puis recommencez.

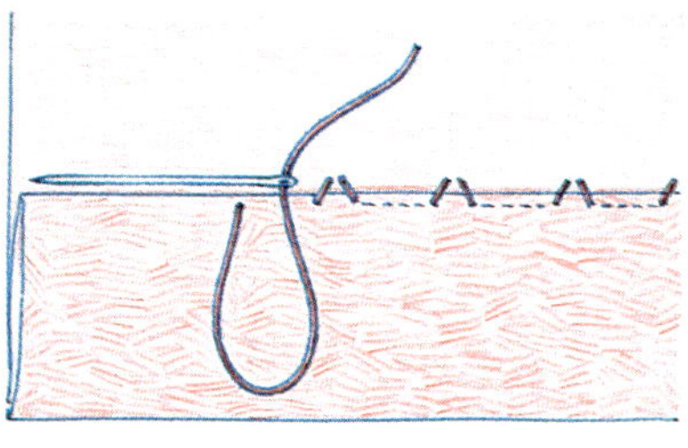

Point de chausson

Le travail se fait de gauche à droite mais l'aiguille s'utilise de droite à gauche. Piquez sur l'envers du tissu en prenant deux fils et à 1,5 cm à gauche et à 1,5 cm vers le bas, faites un point dans l'ourlet en prenant aussi deux fils puis recommencez.

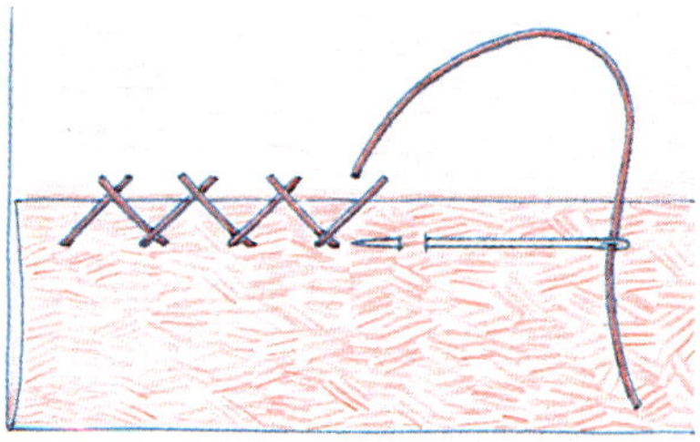

Point de surjet

Pour assembler deux bords pliés, glissez l'aiguille sous le pli sur 5 mm, ressortez-la et piquez juste en face sur le bord opposé. Glissez de nouveau de 5 mm sous le pli, ressortez, piquez en face et ainsi de suite.

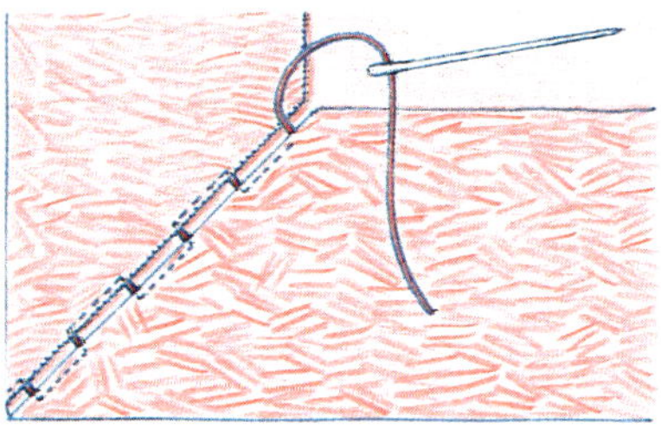

Point de baguage

Il est nécessaire de « baguer » pour bien maintenir ensemble doublure et tissu tout en leur laissant une certaine souplesse.

Utilisez toujours un fil assorti au tissu des rideaux. Rabattez la doublure, faites un point solide dans la doublure puis un tout petit point dans le tissu des rideaux juste en dessous. Piquez ensuite dans la doublure quelques centimètres plus

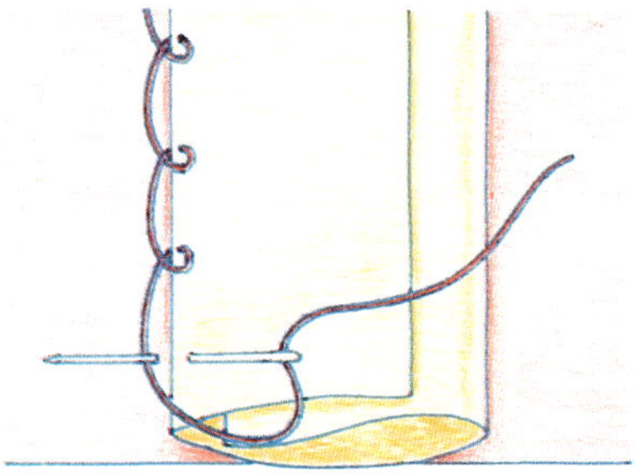

loin pour former une large boucle dans laquelle passe l'aiguille pour faire un point dans le tissu du rideau, laissant la boucle assez lâche.

Point long

Pour les rentrés de rideaux doublés, faites un point horizontal de 1 cm de droite à gauche en piquant l'aiguille 4 cm plus bas en diagonale.

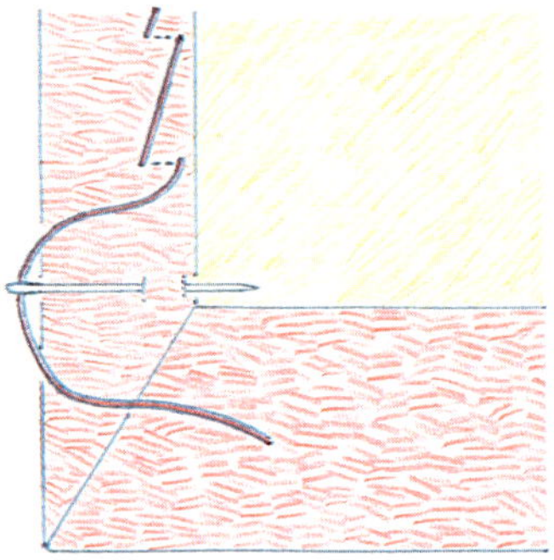

Point coulé

Prenez un ou deux fils avec l'aiguille puis piquez-la dans le tissu juste en face. Prenez à nouveau deux fils 1,5 cm plus loin et recommencez.

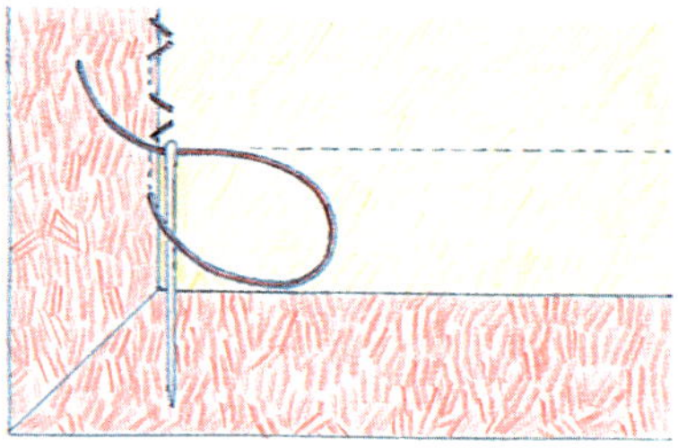

Épinglage

Quand vous épinglez deux épaisseurs de tissu ou du biais sur un bord, posez toujours vos épingles horizontalement et verticalement pour bien maintenir le tissu. Les épingles placées à l'horizontale sont à enlever au fur et à mesure que le pied de biche avance mais les autres, verticales, peuvent rester et le tissu reste ainsi parfaitement maintenu.

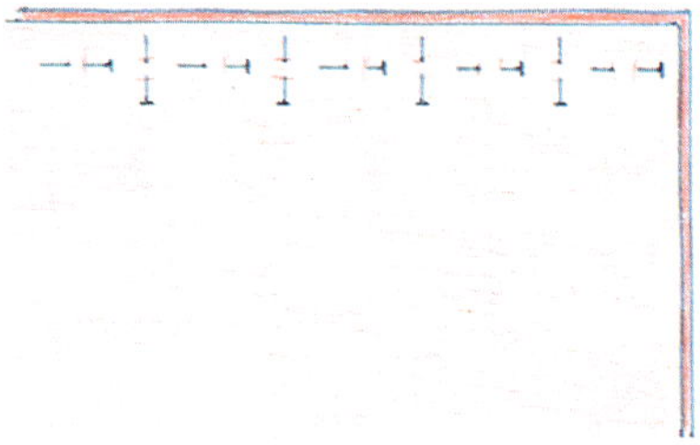

Index